別冊

嚴韻 譯

目錄

前言

薩爾曼．魯西迪，一九九五年五月

我最後一次造訪安潔拉・卡特是她死前幾週，當時她儘管病體相當疼痛，仍堅持打扮起來與我喝茶。她眼神閃亮，坐得直挺挺，側著頭像隻鸚鵡，諷刺地撮起嘴唇，認真開始午茶時刻的重要正事：說和聽最近的骯髒八卦，言詞犀利惡毒，態度熱烈。

她就是這樣：有話直說，尖銳刺人——有一次，我結束了一段她並不贊同的感情，她打電話給我說：「好啦。從今以後你會更常聽到我的消息。」——同時又有禮得足以克服致命病苦，來一場冒充斯文的正式下午茶。

死亡真的令安潔拉火大，但她有一項安慰。癌症來襲前不久，她才剛保了一筆「鉅額」保險。想到保險公司沒收幾次費便得付出一大筆錢給她家的「男孩們」（丈夫馬克，以及兒子亞歷山大）她就非常愉快，並為之發出一大串黑色喜劇式的自鳴得意詠歎調，讓聽的人要不笑都很難。

她仔細計畫了自己的喪禮，分配給我的任務是朗讀馬維爾的詩作〈一滴露水〉。這令我很驚訝。我所認識的安潔拉．卡特是最滿口粗話、毫無宗教情操、高高興興不信神的女人，然而她卻要我在她葬禮上朗誦馬維爾對不朽靈魂的沈思——「那滴露，那道光／自永恆之日的清泉流淌」。這是否是最後一個超現實的玩笑，屬於「感謝上帝，我到死都是無神論者」那一類，或者是對形上詩人馬維爾充滿象徵的高蹈語言表示敬意，來自一位自身別具風味的語言也很高蹈、充滿象徵的作家？值得一提的是馬維爾詩中並沒出現任何神明，只有「全能的太陽」。也許總是散發光芒的安潔拉要我們，在最後，想像她消溶在那更大之光的「輝耀」中：藝術家變成了藝術的一部分。

然而，她這個作家太富個人色彩、風格太強烈，不可能輕易消溶：她既形式主義又誇張離譜，既異國奇豔又庶民通俗，既精緻又粗魯，既典雅又粗鄙，既是寓言家又是社會主義者，既紫又黑。她的長篇小說與眾不同，從《新夏娃的激情》的跨性別華彩花腔到《明智的孩子》的歌舞廳康康舞無所不包；但我想，她最精彩的作品還是短篇小說。在長篇小說的篇幅中，那獨特的卡特語調，那些抽鴉片者般沙啞、時有冷酷或喜劇雜音打岔的抑揚頓挫，那月長石與水鑽混合的絢麗與胡話，有時會讓人讀得筋疲力盡。在短篇小說中，她則可以光彩炫惑飛掠席捲，趁好就收。

卡特幾乎一出手的作品就有完整自我風格，她早期的短篇小說〈一位非常、非常偉大的夫人居家教子〉已經充滿卡特式的母題。其中有對哥德風、華麗語言及高蹈文化的喜愛，但也有低俗的臭味——掉落的玫瑰花瓣聲音聽起來像鴿子放屁，父親滿身馬糞味，而且大便之前「人人平等」；還有做為表演的自我：散發香水氣息，頹廢，慵懶，情慾，變態——很像她倒數第二部長篇小說《馬戲團之夜》的女主角菲弗絲。

另一早期短篇〈一則維多利亞時代寓言〉，宣告了她對語言一切奧義的上癮沈迷。這篇與眾不同的文本半是不知所云半是《蒼白火焰》[1]，開棺挖掘出過去

1.〔*Pale Fire*，納博柯夫作品。〕

的死詞，也由此挖掘出過去：

在每一條使你磕和擠挪兒裡，刮骨頭的、亂毛的、打哆嗦的、釣魚的、裝可憐的、劈特拉的、西貝乞丐和帶著姘頭的鞭子傑克，下了海盜船，來誆人、詐人、吃人。

這些早期的作品是在說：小心，這作家不是等閒之輩；她是火箭，是火樹銀花。她將把第一部短篇合集稱為《煙火》。

《煙火》中好幾篇作品的題材是日本，那國家的茶道形式主義和黑暗情慾既打擊也挑戰卡特的想像力。在〈一份日本的紀念〉中，她將打磨光滑的種種該國意象陳設在我們面前。「桃太郎的故事，他是從桃子裡生出來的」；「鏡子讓房間看起來不親近」。敘事者將日本情人做為性對象呈現在我們眼前，如遭蜂螫的厚唇等等一應俱全。「我真想把他施以防腐處理……這樣我就隨時可以看著他，他也沒辦法離開我了。」至少這情人是美麗的；敘事者對於自己的大骨架，一如在鏡中照見，看法可非常不親近。「百貨公司裡有一架洋裝，標示：『僅限年輕可愛女孩』。看著那些洋裝，我覺得自己醜怪粗鄙一如格魯達克立齊。」在〈肉體與鏡〉中，精緻的情慾氛圍更濃，接近模仿混成(pastiche)——因為日本文學相當專精於這類熱烈的變態性慾——但是被卡特無時無刻不在的自我意識尖銳貫穿。(「我不是長途跋涉了八千哩，只為找到一種含有足夠痛苦和歇斯底里的氣候，好讓自己滿意嗎？」敘事者問；〈冬季微笑〉中，另一個無名的敘事者也告訴我們：「別以為我不明白自己在做什麼」，然後以犀利洞察分析她的故事，拯救了——也鮮活了——一篇本可能只是靜態情緒音樂的文字。卡特以智力兜頭潑下的冷水常得以挽救她過於天馬行空的幻想。)

在非日本題材的作品中，卡特第一次進入那個她將據為己有的寓言世界。一對兄妹迷失在一座充滿感官的惡意森林，林中的樹有乳房，會咬人，知識的蘋果樹教導的不是善惡之別，而是亂倫性慾。亂倫是卡特作品屢次出現的主題，也再度出現在〈劊子手的美麗女兒〉，故事背景設在或許可說是典型卡特地點的慘澹寡歡高地村莊——那種村莊，如她在《染血之室》的〈狼人〉中所說，「天氣冷，人心冷」。這些卡特國度的村莊四周滿是狼嗥，其中有許許多多的變形。

卡特的另一個國度是遊樂場，那世界充滿耍把戲變花招的表演者、催眠師、騙子、傀儡戲班主。〈紫女士之愛〉把她封閉的馬戲世界又帶到另一個中歐高山村莊，那裡的人將自殺者視同吸血鬼(大蒜串，穿心木樁)，還有真正的巫師在森林裡「施行遠古的獸性邪亂儀式」。一如卡特所有的遊樂場作品，「醜怪才是正常」。強勢的木偶「紫女士」是道德家的警告——她起初為娼，最後變成木偶，因為她「任憑色慾之線操控」。她是小木偶皮諾丘的女性、性感、致命改寫版，跟〈主人〉裡變成大貓的女人一樣，都屬於安潔拉．卡特如此偏愛的許許多多「貪求無饜」的黑暗(也包括淺色髮膚)女士。在她第二本合集《染血之室》中，這些烈性女士繼承了她的虛構世界。

《染血之室》是卡特的代表傑作，在這本書裡，她高蹈、熱烈的模式完美契合故事的需求。（若要看最佳的庶民低階卡特，請讀她最後一部長篇小說《明智的孩子》；但儘管該作充滿誇張諧趣和大量莎士比亞喜劇元素，她最可能流傳久遠的作品還是《染血之室》。）

與書同名的中篇作品，或者說序曲，以經典的大木偶戲[2]展開：天真無辜的新娘，結過好幾次婚的百萬富翁新郎，孤獨兀立在消退海岸的城堡，一個藏有可怖秘密的房間。無助的女孩與文明的、頹廢的、殺人的男人：這是卡特對「美女與野獸」此一主題的第一變奏，還加上一道女性主義的轉折——童話故事中，美女為了救軟弱的父親而同意去見野獸，這裡則是不屈不撓的母親趕去拯救女兒。

這本合集裡，卡特的神來之筆在於用美女與野獸的寓言做為性關係中無數渴望與危險的隱喻。有時美女較強，有時野獸較強。在〈師先生的戀曲〉，野獸的命得靠美女來救；而〈老虎新娘〉中的美女自己也將被情慾地轉變為美麗動物：「他每舔一下便扯去一片皮膚，舔了又舔，人世生活的所有皮膚隨之而去，剩下

2.〔參見《煙火：九篇世俗故事》中〈劊子手的美麗女兒〉註2.。〕

一層新生柔潤的光亮獸毛。耳環變回水珠……我抖抖這身美麗毛皮，將水滴甩落」。彷彿她整個身體都被開苞，變成一樣新的欲望工具，讓她得以進入一個新的(「動物」的意思除了老虎也包括性靈)世界。然而〈精靈王〉中美女與野獸無法和解，這裡沒有療癒，沒有服從，只有報復。

此書還包括其他許多絕妙的古老故事：血與愛永遠緊密相連，加強並貫穿每一篇作品。在〈愛之宅的女主人〉中，愛與血在吸血鬼身上合而為一：美女變成怪物，變成野獸。在〈雪孩〉中，我們來到童話故事的領域，有白雪，紅血，黑鳥，還有一個又白又紅又黑的女孩，依伯爵的願望而生；但卡特的現代想像力知道，只要有伯爵就會有伯爵夫人，後者是不會容忍夢幻敵手的。兩性戰爭也在女人之間進行。

小紅帽的到來，使卡特對《格林童話》的精彩重新創造變得更加完整且完美。如今我們看到一個令人震驚的激進假設：外婆可能就是大野狼(〈狼人〉)；或者同樣令人震驚、同樣激進的是，女孩(小紅帽，美女)也很可能無關道德，跟大野狼/野獸一樣野蠻，可能以自己具有獵食威力的性別和情慾狼性征服大野狼。這是〈與狼為伴〉的主題，而看過安潔拉．卡特與尼爾．喬登合作、串連了她好幾篇狼作品的電影《與狼為伴》，讓人更渴望看見她不曾寫出的完整長篇狼小說。

〈狼女愛麗絲〉提供了最後一種變形。這裡沒有美女，只有兩頭野獸：吃人的公爵，還有被狼養大的女孩，她自以為是狼，成熟為女人之際受自己染血之室的神秘——也就是說，她的經血——吸引，從而獲致自我了解的知識。除了血，她另一個了解自己的途徑是讓房屋看起來不親近的鏡子。

> 終於，壯闊的山脈也變得單調……他轉過身，長久注視那座山。他在山裡住了十四年，但從沒這樣看過它，以一個並未對此山熟悉得幾乎像是自己一部分的人的眼光……他向山道別，看著它變成布景，變成某個鄉野老故事的奇妙背景畫片，故事說的是一個被狼奶大的小孩，或者，說的是被女人養大的狼。

在卡特最後一篇狼故事，即《黑色維納斯》的〈彼得與狼〉中，她告別了那山區國度，意味著，就像故事中的主角，她也已「大步向前，走進另一個不同的故事」。

這第三本合集中有篇妙想天開的幻想作品，對《仲夏夜之夢》做出沈思，早於(且優於)《明智的孩子》裡的一段。在這篇小說中，卡特的異國風味語言發揮得淋漓盡致——這裡有微風「甜蜜多汁如芒果，神話詩般愛撫著蔻拉曼德海岸，在那斑岩與青金石的印度沿海」。但一如往常，她深具諷刺意味的常識將故事一把拉回地面，不至於消散成一團細緻輕煙。這座夢中林——「離雅典一點也不近……事實上……位於英格蘭中部某地，可能靠近……布雷齊理」——潮濕又積水，小仙子都感冒了。而且，從故事發生的年代至今，這樹林已被砍掉，騰出空間蓋公路。卡特把《仲夏夜之夢》的樹林與格林兄弟「那種死靈魔法黑暗森林」對比鋪陳，使這莎士比亞主題的優雅賦格曲變得更加璀璨。最後她提醒我們，森林是個嚇人的地方，迷失其中就會變成怪物和女巫的獵物。但在樹林裡，「你故意走岔路」，這裡沒有狼，樹林「對戀人是友善的」。英國與歐洲童話的不同之處就此有了令人難忘的精確定義。

然而，《黑色維納斯》及之後的《美國鬼魂與舊世界奇觀》大多避開幻想世界，卡特的改寫想像力轉向真實，興趣偏向描繪而非敘述。這兩本後期合集中最佳的作品是人物描繪——波特萊爾的黑人情婦湘．杜瓦，艾德加．愛倫．坡，還有兩篇莉茲．波登的故事，一篇講的是遠在她「拿斧頭」之前的事，另一篇是案發當天的莉茲，那一天以緩慢、慵懶的步調描述得精確又仔細——熱浪來襲時穿太多衣服會有什麼後果，還有吃熱過兩次的魚，兩者都是原因的一部分。然而在這層超級寫實的表面下，卻有《染血之室》的回音，因為莉茲做出的是血腥舉動，而她又正值經期。她的生命之血流出，死亡天使則在附近樹上等候。(再一次，如同那些狼故事，這讓人渴望更多，渴望我們讀不到了的莉茲．波登長篇小說。)

波特萊爾，愛倫．坡，莎士比亞《仲夏夜之夢》，好萊塢，雜劇，童話故事：卡特把自己所受的影響明顯擺出，因為她是這一切的解構者，破壞者。她將我們所知的事物拿來打破，然後用她自己那尖銳刺人又有禮的方式加以組合；她的字句既新又不新，一如我們自己的字句。灰姑娘在她手中換回了原先的名字「掃灰娘」，是一則母愛造成的可怕殘害故事中被火灼傷的女主角；約翰．福特的《可惜她是娼婦》變成另一個很不一樣的福特執導的電影；而雜劇人物的隱藏意義——或者該說隱藏本質——也被揭露。

像打蛋一樣，她為我們打開一則舊故事，然後在裡面找到新故事，我們想聽的現在故事。

世界上沒有完美的作家。卡特的高空鋼索特技在一片過份講究的沼澤上方進行，在一片堂皇與渺小的流沙上進行；無可否認的，她有時候會掉下來，偶爾冒出難以自圓其說的花里胡哨古怪發作，而就算最熱愛她的讀者也會承認，她的某些布丁用了太多的蛋。太多「奇詭」(eldritch)這類的詞，太多男人「富可敵國」，太多斑岩和青金石，可能會讓某類純粹主義者為之不滿。但奇蹟在於她的特技有多常成功，多常踮腳轉圈而不摔倒，或者同時拋接好幾個球而不漏掉任何一個。

有些不求甚解的人指控她「政治正確」，但她是最富個人色彩、最獨立、最別具特色的作家；生前她被許多人斥為小眾崇拜的邊緣人物，只是一朵異國風情的溫室花朵，但她如今已成為英國大學中最廣受研究的當代作家——這項征服主流的勝利一定會讓她高興。

她還沒有寫完。就像伊塔羅．卡爾維諾，像布魯斯．查特溫，像雷蒙．卡佛，她死在創作力正旺盛的時刻。對作家而言，這是最殘酷的死亡：可說是一句話才講到一半。這本全集裡的作品正顯示我們的損失有多大。但這些作品也是我們的寶藏，值得品嘗與囤積。

據稱雷蒙．卡佛死前（他也是因肺癌過世）對妻子說：「現在我們在那裡了。我們在文學裡了。」卡佛的個性再謙遜不過，但說這話的是一個知道——且一再被人告知——自己作品價值的人。安潔拉生前，她獨特作品的價值沒有受到那麼多肯定，但她，現在也在那裡了，在文學裡，是永恆之日清泉的一道光。

安潔拉·卡特早期作品

〈愛上低音大提琴的男人〉原發表於《說故事比賽》(*Storteller Contest*, July 1962)；〈一位非常、非常偉大的夫人居家教子〉及〈一則維多利亞時代寓言(附詞彙對照)〉分別於一九六五年秋季及一九六六年夏秋刊登於《無以匹敵》(*Nonesuch*)。

愛上低音大提琴的男人

據說，藝術家都有點瘋。這種瘋癲多少是他們自己創造出來的神話，讓藝術創作者的小圈圈與凡夫俗子保持距離。然而在藝術家的世界裡，刻意特立獨行的人總是很尊重並敬佩那些有勇氣真能有點瘋的人。

眾人對待大提琴手強尼．詹姆森的態度便是如此——尊重加敬佩，因為毫無疑問，詹姆森是個不折不扣的瘋子。

他受到其他樂手照顧，從不虞沒工作做、沒床睡、沒菸抽或沒啤酒喝，總有人幫忙處理那些他自己沒法顧及的事。何況，他演奏大提琴的技藝確實非凡。

事實上，這一點也給他種下了麻煩。對他而言，那把大提琴，那把龐然、亮澤、豐潤的大提琴，就是他的母親、父親、妻子、兒女兼情婦，他全心全意深愛著它，熱情不曾稍減。

詹姆森是寡言的小個子，頭髮日漸稀疏，又大又重的眼鏡遮住一雙目光溫和的近視眼。他和他的琴幾乎形影不離，走到哪都背在背上，輕鬆自然像印第安婦女背著嬰孩，但以他瘦小孱弱的模樣，這嬰孩可是太大了點。

大家管這琴叫蘿拉。蘿拉是全世界最美的低音大提琴，有著豐乳肥臀的女子身形，讓人想起某些原始文化的大地母神雕像，流露最燦爛、最根本的女性特質，無需頭或手腳那些不相干的細節。

琴身是紅木，原就是溫暖的栗色，加上詹姆森經常一連好幾個小時擦拭打磨，更顯出深沈潤澤的光亮。巡迴演出時，巴士上大家都忙著喝酒、吵架、賭錢，只有他靜靜坐著，從黑色琴盒取出蘿拉，打開包裹她的布，手勢顫抖充滿感情。然後他拿出一條專用的柔軟絲帕開始擦拭打磨，臉上帶著沒來由的微笑，近視眼眨呀眨，像隻快樂的貓。

樂團的人向來把這琴當作女士看待，在咖啡館裡也開玩笑地請她一杯咖啡或茶。後來玩笑成了習慣，大家總是多點一杯飲料擱在她面前，沒人會去動它，直到他們離開，冷掉的飲料仍原封不動放在桌上。

詹姆森上咖啡館總是帶著蘿拉，但絕不帶她去大眾酒吧，因為她畢竟是位女士。要找詹姆森喝酒就得約在沙龍[1]，還要買杯鳳梨汁請蘿拉，不過如果場合特殊，她有時也肯破例喝杯雪利酒，比方聖誕節、某人過生日、或者誰的太太生了孩子。

但若有人對蘿拉太獻殷勤，詹姆森是會吃醋的。要是哪個男人態度太輕佻，比方隨手拍打她的琴盒或者亂開玩笑，他會恨恨瞪向對方。

詹姆森只動手打過一次人，那次是個神經大條的鋼琴手喝醉了，當著他的面開蘿拉的黃腔，結果詹姆森打斷了對方的鼻梁。因此大家從不在詹姆森面前開蘿拉玩笑。

1.〔老式英國酒館多分為大眾酒吧（public bar）及沙龍（saloon）兩種（有些酒館則兩者皆含，分做兩區）：前者擺設較簡陋、消費較低廉，較為龍蛇雜處；後者較注重裝潢、消費較高，較為隱密安靜。傳統上，出入這兩類顧客群的階級身份通常壁壘分明。〕

但在巡迴演出途中，清純無知的年輕樂手若不巧跟詹姆森分配到同一間房，總是會窘得無以復加，因此詹姆森和蘿拉通常單獨住一間房。小喇叭手傑夫・克拉克常背著詹姆森說他是名副其實跟藝術結了婚，還說改天大伙兒應該找家飯店替小倆口訂個蜜月套房。

但克拉克為詹姆斯安排了一份好差事，在他那名為「西區切分音」的傳統爵士樂團。儘管名稱有點嚴肅，團員表演時可是穿戴著灰色高禮帽與燕尾服，而他們稀釋版本的〈西區藍調〉（加上新配的歌聲）還曾打進過排行榜前二十名。

他們戴起灰色高禮帽非常滑稽難看，尤其是詹姆森。但樂團還是挺賺錢的。

然而要賺錢，就得日復一日搭著綠線巴士改裝的遊覽車全國四處趕場，每個地方都只待一晚；要賺錢，就得在穀物市集、市鎮公所、酒吧裡油膩膩的場地表演。隨之而來的是永遠累到骨子裡的倦意，還有永遠不缺的現金和名氣，全團都愛死了這種生活，滿心瘋狂歡欣。

「傳統爵士樂不會一直這麼紅下去，所以咱們要及時行樂！」單簧管手連恩・尼爾森說。

他性好漁色得無可救藥，他所謂享受傳統爵士樂此時的榮景，就是在鄉下俱樂部勾引來聽他們演奏的追星少女，帶她們到旅館房間幹一場。他愛死了名利雙收的生活。其他人雖沒他這麼誇張，但也都樂在其中。

當然，只有詹姆森例外，他根本沒注意到傳統爵士樂正當紅，人家叫他演奏什麼他就演奏什麼。只要拉出的琴音不至於讓蘿拉生氣，他其實並不在乎拉什麼曲子。

十一月某個夜晚，他們預定在東盎格利亞[2]紛嵐荒野的一個小鎮演奏。下午天就黑了，霧氣填滿溝渠，蓋住剪去樹梢的柳樹。樂團巴士沿著一條筆直的路往前開，一路不曾轉彎也毫無坡度，終於來到要演出的爵士俱樂部。眾人下車，黑暗像被雨淋濕的毛毯披覆在他們肩上。

「他們知道我們要來嗎？」鼓手戴夫・簡寧斯不安地說。酒館裡毫無燈光。關閉的大門上釘著一張捲了邊的海報，廣告他們要來演出的消息，但紛嵐荒

2.〔East Anglia，英格蘭中部以東一帶，範圍約等於今諾福克與蘇福克二郡。〕

野的連綿多雨使海報紙變得又濕又軟，幾乎看不清上面寫著：「週五夜晚盡情歡樂——歡樂、精彩、暢銷又快活的『西區切分音』來此表演」。

「唔，只是還沒到酒館開門的時間。」連恩．尼爾森安慰道。

「這才更糟啊。」簡寧斯嘟囔。

「他們當然知道我們要來。」傑夫篤定地說。「這家俱樂部好幾個月前就跟我們預約了，早在我們出唱片之前。所以我們才會接受，跑來這麼個鳥不拉屎的地方表演，不是嗎，賽門？」

樂團經理賽門．普萊斯是猶太人，曾是失意的高音薩克斯風手，跟著團員四處巡迴，懷念自己以前當樂手的日子。此時賽門瞪著酒館，眼神明亮而恐懼。

「我不喜歡這裡。」他說著打個寒噤。「空氣裡有種不對勁的感覺。」

「媽的濕氣太重了啦。」尼爾森咕噥著。「我敢說這裡的妞腳上都長了蹼。」

「別來神秘東方那一套了。」傑夫衝賽門說。

賽門只顧猛搖頭、打寒噤，儘管他身穿又長又大的開司米羊毛大衣，大片衣領還高高豎起。他總是打扮得像舞台上的猶太人，把自己的種族當成道具，裝出一口濃重的意第緒口音，儘管他家族在曼徹斯特落地生根將近一百五十年，早已是當地資產階級的中堅份子。

但此時酒館老闆出現了，負責打理俱樂部的兩個中學六年級男孩也來了，眾人置身在啤酒、閒談、暖意和笑聲中。詹姆森非常擔心濕氣會傷到蘿拉，讓她琴身變彎、琴弦生鏽；為了蘿拉健康著想，詹姆森容許其中一個男孩——大伙兒叫他「少年大衛」——請她喝杯蘭姆酒加柳橙汁。少年大衛一頭霧水，尼爾森和簡寧斯悄悄把他拉到角落解釋了一番。

但賽門尖細敏感的鼻子幾乎在顫動，聞出潮濕空氣中有些不對勁，有麻煩。東盎格利亞的空氣對他的肺不好。少年大衛正在說明他們的俱樂部。

「說實在的，這兒的顧客有點老派，不過也有人特地遠道而來——甚至有唸藝術的學生，一些時髦年輕人，還有穿皮夾克、騎摩托車的客人大老遠跑來。但是本地觀眾嘛，唔，他們還在留鬢角，穿天鵝絨衣領的外套哪！」

樂手轟笑表示難以置信，男孩立刻不好意思起來，買更多酒請大家喝，掩飾自己的困窘。今晚團員就在酒館過夜，這地方雖然外表不起眼，但確實有些客房可住。賽門悄悄離開吧台，去房裡摸摸床單，是潮的。他的喉嚨立刻感同身受地癢了起來。

詹姆森也背著蘿拉悄悄離開，來到後面供演奏、跳舞的房間，打開琴身的包布，在寒冷中抱著它坐下，用絲帕撫拭。這場地等待俱樂部開門，線條寒酸的椅子靜靜等著，供樂手演奏的小小舞台也等著。

但夜色中有種強烈的不安，樂手們也感覺到了，於是他們的笑聲帶有叛逆意味，試著用歡笑嚇走不安。可是徒勞無功。年輕的東道主也感染了這股沮喪沈默，最後大家只是呆坐在那裡喝酒，因為沒別的事可做。但詹姆森很高興，只有他一個人高興，遠離眾人獨坐，蘿拉倚在他雙膝間。

團員逐漸聚集在狹小舞台上，第一批客人也來了，閒站著喝第一杯苦啤酒[3]。樂聲響起，客人被動地等在一旁，等哪一對外向的男女率先開舞。

這些早到的客人是很容易辨識的類型，男生穿淺色寬鬆毛衣，V型領口隨意塞著草履蟲花紋絲巾，女生的打扮則仿照「垮掉的一代」，穿黑色或網紋細密的長襪，寬鬆洋裝滾了一層又一層荷葉邊。這些是本地醫生、教士、教師、退役軍人的子女，大概就快從學校畢業，習慣穿粗絨呢外套，開老舊的車，常喜歡收集畫有古董車的陶瓷小煙灰缸。

就在第一段演奏即將告一段落時，一個打褶短裙配黑襪的女生和一個穿斜紋騎兵褲的男生壯起膽子，吃吃笑著下場跳舞，他們的模樣是那麼羞怯扭捏，樂手們不禁互相眨眼偷笑。人漸漸愈來愈多，有附近鎮上的藝術學生，對蹩腳模仿他們的小資產階級嗤之以鼻；有一群頭髮剪得短短的現代派，也是遠道而來。現代派那群人鼻子又挺又尖，身穿義大利西裝，女伴則打扮得仔細正式，一張張風格化的臉孔，臉頰和嘴唇蒼白，眼睛畫得鮮明，一絲不亂的頭髮用髮膠噴得硬梆梆。

現代派那群人揶揄賽門，賽門待在收門票的桌旁，因為那兩個負責的男孩太年輕了，他替他們擔心。現代派那群人開團員灰禮帽和條紋長褲的玩笑，對〈西

3.〔一種英國啤酒，因加入較多啤酒花，味道略苦，故名。〕

區藍調〉抱著優越施恩的態度，事實上他們對整個傳統爵士樂都抱著這種態度，言下之意是，他們今晚來這裡只因為恰好沒別的事可做。賽門帶著職業性的溫暖微笑，不知自己敢不敢溜到別處給喉嚨噴點藥。

但他的眼睛猜疑地瞇了起來，因為透過敞開的門看見一群年輕人在酒館外停摩托車。他們脫下安全帽放在車下，白色安全帽微微發亮，像蘑菇或剛生的蛋。然後那些小伙子走過來，塑料夾克吱嘎作響，賽門親自幫他們脫下夾克，不安地看著他們在吧台旁爭搶棕麥酒。

「哪，比起你那些現代派朋友，他們會惹的麻煩可少多了。」少年大衛告訴他。賽門嘆口氣。

「你大概不會剛好有顆阿斯匹靈什麼的吧——還有，如果可能的話，哪裡可以弄杯熱牛奶？」

俱樂部裡，濃重的煙霧使本已夠暗的燈光更加微弱，室內呈現半黑暗狀態。手腿揮動，啤酒四灑，震天價響的音樂簡直像一堵實質可觸的牆。「西區切分音」又將完成一場成功的表演。

但穿皮夾克那些人沒有融入歡鬧的群眾，自顧自佔了一個角落，也不跳舞，只拿著啤酒站在那裡笑。

樂手們演奏，流汗，趁空喝口苦啤酒提神，解開絲質背心和黑領結，擦擦被高禮帽勒出紅痕的額頭。又是一場一如往常的表演。

直到一個穿緊窄貼身橄欖綠洋裝的瘦女生跳舞時撞到身後一個穿皮夾克的，皮夾克的啤酒全潑在她屁股上。她氣沖沖轉過身，皮夾克滿腔諷刺地道歉，她更生氣了，向穿短外套的時髦男伴抱怨，皮夾克們則站在那裡一臉鄙夷。

「你不打算跟這位小姐道歉是吧，老兄？」女生的舞伴在音樂聲中大喊。

皮夾克們包圍過來，像出了鞘的彈簧刀。一張張垮著下巴的蒼白臉孔看來全一樣，全同時咧嘴而笑。

「就算我不特別想道歉，又怎樣?我的啤酒可也全浪費了。」

一群義大利小伙子拋下女伴，聚在橄欖綠女生男伴的身後表示聲援。事情就這樣開始了。爭執愈來愈激烈，雙方大動干戈，變成一團吵嚷、喊叫、扭打，暗濛濛室內滿是揮舞的拳腳和摔碎的酒瓶。一只酒瓶砸破了室內唯一的、漆成紅色的電燈泡，四周陷入令人驚恐的黑暗。混亂中，兩個皮夾克朝樂手發動攻擊，後者正驚叫著點燃小小火柴，想稍微看清戰況。

「我們都打進排行榜前二十名了，居然還碰上這種事！」賽門驚得喘不過氣。保守黨青年匆匆衝過，趕去保護受驚的蘇珊、布蘭達和珍妮佛們，藝術學生則安然擠在門邊吃吃笑。穿緊身裙的泰迪飛女[4]不再一副無動於衷模樣，伐齊麗[5]一般湧入戰局為戰士加油打氣，神色激奮的臉孔在吧台傳來的微弱光線中忽隱忽現。

此時樂手們拋開了禮帽、樂器和中立態度。賽門看見連恩．尼爾森——在間歇光線中顯得跳動不穩，像早期電影裡的人物——跳下舞台，抓住一個義大利青年完美無瑕的窄衣領拚命搖晃個不停，直到對方張開嘴嚎叫起來。

「以前從沒發生過這種事！」少年大衛急瘋了，拚命道歉。四處都是摔砸破裂聲，酒館老闆也出現了，渾身發抖。賽門把他帶到沙龍，拿出自己的蘇格蘭威士忌給他壓驚。

「跟以前挺像的，在我們成名之前。」尼爾森邊喘氣邊護衛麥克風。

但一切很快就結束了，有人喊了句警察，滿屋人立刻跑得一個不剩，像浴缸拔了塞子水迅速流光，只剩下樂手們沈重的喘息、小小的勝利呼聲和嘆氣。

「我會笨到打電話報警嗎？」賽門問了個不需要回答的問題。大家都笑了，一起喝杯酒。

「對了，」一會兒有人說：「有沒有人看見詹姆森？」

「燈光熄滅之後就沒看到了。」

「哎呀，有什麼關係？我要上床睡覺了。」賽門說。「我快要重感冒了，我感覺得出來。雖說上床睡覺也沒多大好處，床單全都濕答答……」

然後他們就全把詹姆森拋到腦後，直到過了很久，眾人一一回房，只剩傑夫和尼爾森還在樓下。兩人喝得挺開心，決定去看看俱樂部場地的損害如何，於是從酒吧拿了個燈泡，裝在原來紅色燈泡的位置，眼前立刻出現滿地碎玻璃、破椅

4.〔teddy boy/girl 是英國五六〇年代的一種次文化衣著風格，與早期搖滾樂相關，被視為傾向暴力的不良少年。〕

5.〔Valkyrie，北歐神話中主神Odin的侍女，負責迎接戰士死後英靈進入天國殿堂。〕

子和一攤攤滲進地板的棕色啤酒。

傑夫陡然一醒，爬上舞台不安地翻看剩餘的樂器。鼓和配件都奇蹟似沒有損傷——他嘆了口氣——舞台上似乎沒有東西受損。然後他發現一件可怕的事。在詹姆森和蘿拉的位置，只剩下地板上一堆栗色木柴。

「哦，天哪。」他說。尼爾森被他的語調嚇了一跳，抬起頭來。「詹姆森，我們該怎麼告訴詹姆森？他的琴……」

他們站在那兒看著蘿拉殘缺可悲的屍體，兩人都感到被一根冰冷手指摸過，是驚異、懼怕和帶著迷信的悲傷。突然間，不進大眾酒吧的女士只剩下一堆不成形狀的碎片。

「不曉得他知不知道？」尼爾森小聲說。此時此刻似乎不應該大聲說話。

「鬧起來之後我就沒再看到他。」

「就算他真的知道了，呃，在這種時候也該有人陪陪他，幾個朋友作伴……」

「也許他上樓回房了。」

他們問了酒館老闆，得知詹姆森房間在高高的閣樓，像個老舊的兔子窩。傑夫和尼爾森爬上一道又一道台階，紛嵐荒野的霧氣滲進酒館，模糊了他們的視線。此時夜已非常深，而且很冷，一種寒冽入骨的濕冷。然後所有燈光突然毫無預警地熄滅，尼爾森嚇得緊抓住傑夫。

「連恩，沒事啦，別緊張。一定是保險絲燒斷之類的，不然就是線路有問題——這麼老的房子，線路也老掉牙了。」

但他自己也嚇壞了。兩人都感覺有某種陌異的、幾乎實質可觸的東西在黑暗中，在臉頰上霧氣的濡濕親吻裡。

「點個火吧，傑夫，快。」

傑夫點亮打火機，微小火焰卻只更顯出周遭的黑暗有多深沈。他們來到階梯頂端的平台。

「到了。」

推開門，傑夫舉起打火機。兩人先是看見一把椅子翻倒在地，然後是廉價塔夫綢床單上打開的空琴盒，怎麼看怎麼像棺材。但蘿拉不會躺在裡面，儘管那正是她的。

靜止的一圈火光中，有雙腳，輕輕地，前後晃動著、晃動著……傑夫高高舉起打火機，他們終於看見詹姆森整個人，吊在已經不用的瓦斯管上，溫和的臉孔已扭曲發黑。纏繞他脖子的是一條鮮豔絲帕，就是他多年來用來磨拭低音大提琴的那條。下方地板上有東西閃著光——是他的眼鏡，掉落摔破了。

一股潮濕的風吹進開啟的窗，立刻吞沒打火機的火焰，只剩湮滅一切的黑暗，黑暗中別無聲響，只有那緩緩的吱、嘎、吱。只有兩個男子緊緊抓著對方的手，像害怕的小孩。

同一陣風從沒裝好的窗框縫隙鑽進樓下一個房間，讓賽門・普萊斯喉嚨發癢，於是他咳嗽，在睡夢裡不甚安穩地動了動身子。

一位非常、非常偉大的夫人居家教子

「我十幾歲的時候，母親教了我一樣魔法，給了我一個護身符，讓我掌握開啟世界的鑰匙。因為當時的我活在怖懼中，我太年輕，太害怕太多人——比方說話輕聲細語、發出氣音的人；電影院的帶位小姐，那時候她們制服是寬大的絲綢睡衣，模樣招搖又淫蕩，譏嘲著我尚未覺醒的性意識；十一月，在空蕩寂寞的巴士上層的世故男人，冰冷雙手按住我毫無防衛、才剛發育的乳房。太多、太多人了。

「我母親說：『孩子，如果這些人令妳又驚又畏，妳就想像他們坐在馬桶上使勁費力的便秘德性，如此一來他們立刻會顯得渺小、可悲、容易處理。』然後她低聲對我說了一句偉大的宇宙真理：『**大便之前，人人平等。**』

「我母親是個粗魯的女人，老拿叉子剔牙，晚上還習慣脫下毛氈拖鞋，伸出一根手指仔細摳著趾縫間剝落的厚皮和污垢，摳得津津有味。但她很有智慧——是農民那種粗暴但充滿生命力的智慧。」

女人的聲音高而清晰，像湯匙輕敲玻璃杯召喚侍者，此時停頓，沈思片刻。她坐在角落一潭彷彿凝結的陰影中，只露出纖細無瑕長又長的雙腿。

銀缽裡一朵紅玫瑰，花瓣落在血色的桃花心木矮圓桌上，發出輕柔疲憊的微弱聲響，像鴿子放屁。女人重新交叉雙腿，窸窸窣窣的絲料映光閃現，像剪刀刀鋒，剪斷任何介於其中的東西。她繼續敘述。

「我小時候一直很害羞，而且寂寞，在大家庭裡——足足有二十三個小孩，其中十八個已經成年！——排行居中毫不起眼，住的地方也狹小寒酸，是我父親馬廄上的閣樓。啊！」她叫道：「不知有多少個夜晚我躺在那兒無法成眠，只有大灰馬『花斑』輕柔的低鳴撫慰我！牠腿上的長毛蓋在蹄子上，就像法國啞劇的小丑衣袖。」

她再度停頓片刻，稍做回想，然後繼續敘述。

「很悲哀也很弔詭的是，正因為我們家那麼擁擠，總是有人不停來來去去，我反而更加與世隔絕。我很孤單，非常孤單，也非常怯生生，無法掌握自己做為一個完整個體的人格。

「我內向得瀕臨自絕，而在我家那一大團高漲的混亂中，只有外向到充滿表現慾、暴露狂的行為才會受到注意。

「我記得有天晚上，某個弟弟——或妹妹，人是健忘的，健忘的——兩隻光著的小腳就這麼踩進晚飯要吃的湯裡，好讓我父母注意到他有多需要新靴子。或者新鞋子，或者涼鞋，或者襪子……」

聲音消逝，而後再度湧出，帶著激切的悔憾。「重要的細節——卻忘了！忘了！」但不久她又繼續敘述。

「可憐的孩子，弟弟——或妹妹——膝蓋以下幾乎全燙傷了。那湯熱滾滾的，裡面有包心菜葉——那湯我卻還記得。還有圍坐在餐桌旁的臉，那麼多、那麼多張臉。那湯是那麼讓人吃不飽，很多時候我小小的肚子叫得像響葫蘆，夜深人靜時我會偷偷下樓，伸手挖一點花斑那冒著熱氣的麥穀飼料，悄悄自己吃。

「事實上——雖然這實在算不上什麼好事——母親把我的名字叫錯了很多年，一直把我跟一個夭折的姊姊搞混。我那灰頭髮、渾身馬糞味的父親卻是個講求確實的人，在他那頂油膩的黑帽子裡縫了一份我們所有小孩的名單(加上簡短的描述)，每次看到我都仔細叫出我受洗的名字，靠的是脫下帽子，關節粗大的手指沿著名單往下找，直到找到其中一段寥寥幾字的描述符合眼前這個大眼睛、綁兩根麻花辮的孩子。印象中，只有這種時候才見得到他脫下帽子。

「傑森，拿菸來。」

盤腿坐在她腳邊的男孩一躍而起，消失在黑暗中，接著傳來菸盒啪地打開、打火機嚓地點燃的聲響。菸頭紅點在陰影中發亮，像表示警告的燈號——停——另一朵盛開玫瑰的花瓣顫抖，但沒有掉落。

「我被迫縮回自己的世界，變成書呆子，踩著我那雙已經穿裂的木屐走五哩路到免費的圖書館去拚命讀書，讀、讀、讀，不管什麼書都照讀不誤……我父親拿鵝毛筆往廉價墨水瓶裡沾了沾，在他那份目錄中我的名字旁費勁加上『金屬框眼鏡』。那是慈善機構捐的眼鏡。我感覺丟臉極了。

「但我徹底沈迷於閱讀。那些書對我而言是那麼珍貴，我都把它們抱在心口，藏在教區捐獻箱撿來的破舊背心底下，但還隔著母親縫在我們貼身衣服裡保暖、每年秋天更換的那層報紙。

「我的心智在黑暗中像花朵般成長，但我覺得更加孤絕。我對精神層面事物的熱愛、驚奇和不折不扣的渴望完全無法跟父母溝通——跟教師也一樣，我恨他們，他們把我的臉困在金屬框裡：先是眼睛，然後是牙齒。

「在一分錢一根的蠟燭跳動搖曳的火光旁，我父親又加上了『戴牙套』這項描述。或者那蠟燭是一便士一根？還是半便士的燈心草蠟燭？人是健忘的——健忘的。」

她又短呼一聲，然後繼續敘述。

「日子繼續過下去，一年又一年。月經的鮮紅牡丹開了花，我的乳房像幼鴿逐漸成長。我發了場高燒，他們剪短我的頭髮，讓我驚奇又高興的是，新長出的頭髮多了柔和的鬈曲。

「我拿下眼鏡和嘴裡的牙套，在花斑的飲水槽裡盯著自己的倒影，模糊看見一張白皙的臉和一頭金髮。我覺得害怕，因為我原本是的那個孩子死了，死了，被一個我不認識的美女取代。

「傑森，點蠟燭。」

那男孩——苗條纖細，金髮白膚——擦亮火柴，分枝燭台上的蠟燭活了過來。

她的臉是一張繪就的美麗面具，藍色眼影下是更藍的眼，白皙臉頰精準畫著圓形紅暈，散發微光的髮在閃爍的鑽石頭冠上堆起。而鑽石的火般光芒再危險也比不上她的白皙乳房，領口低及乳頭的縐綢黑袍在大腿處高高開衩。

她美得就像波提切利那幅著名畫作中自浪濤升起的維納斯，只是她的美更勝一籌。她美得就像羅浮宮那座著名的娜芙提提[1]胸像，只是她的美更勝一籌。她美得就像出自著名大師米開蘭基羅之手的少年大衛雕像，以靜謐眼神凝視著米蘭擁擠的交通，只是她的美更勝一籌。

她慢慢將香菸摁熄在座椅扶手上一個滿是灼痕的瑪瑙煙灰缸，繼續敘述。

「十五歲時，我去公園散步。在划船的池塘裡，我在半克朗一小時的小船上散發美麗光芒，與一個腰間纏布的小個子棕膚男人辯論我已深入研讀的柏拉圖作品，同時一直注視漣漪水中自己的倒影。

「當我集中精神在自己的倒影上，我就是那個美麗的存在。我就是他者。如此頓悟自己人格存在的奇蹟令我昏暈，彷彿酒醉，轉回頭來要向我的同伴提出某個精闢論點——此時我那全新的自己就像披風般滑落，我哭了，結巴起來：又變成了十歲小孩。

「我跌跌撞撞奔回熟悉溫暖的馬廄，臉埋在花斑溫暖的鬃毛裡哭泣。此時我母親從街上進來了，雙手捧滿從鄰居垃圾桶撿來的馬鈴薯皮（只在沒人看到的時候撿，她非常要強），給花斑的麥穀飼料加點菜……母親看見了我。

「『蘇珊，』她說：『別哭哭啼啼了。』然後她愣住了，把手裡的東西放在旁邊一口裝茶葉的木箱上，走到我身旁，近得我都能數出她鼻孔裡的灰色鼻毛。她那雙渾濁的眼睛濕了，流下眼淚。

「『可妳不是我的蘇珊啊！』她叫道。『我的蘇珊沒長到妳這麼大！』她臉

1.〔Nefertiti 為古埃及法老王 Akhenaton（約西元前一三五〇—一三三四在位）之妻，以美貌著稱。〕

埋進圍裙，哭得肩膀一抽一抽。但我自私地用花斑的尾巴擦乾眼淚，因為母親終於認清楚我是誰，我感覺到一股微弱的希望。

「傑森，搥膝蓋。」

他立刻跪下，動手按摩她的膝蓋，膝骨關節在他長長的手指下喀喀作響。一枝蠟燭的火光一陣閃動，一時間她臉龐下半蒙上一道影，像嘴唇上下多了黑色小鬍子和尖尖髭鬚。

「『母親，』我說：『我太害羞了。』印象中那是我這輩子第一次對她說話。我一直重複說著『母親』，這詞在我嘴裡有種健康的感覺，就像麵包配牛奶。」

「她若有所思看著我，把圍裙一角揉成一條清耳屎。然後她給了我那道配方，照亮了我的人生。

「『只要妳想像他們坐在馬桶上便秘費力的樣子，那些自以為了不起的王八蛋就會變得無助又可悲。』她說。

「『**大便之前，人人平等。**』

「這句話帶給我極大的啟示。我立刻衝向世界，再也不回頭，牢記這句話，以它做為人生指標。

「然後世界就像牡蠣，任我撬開享用，傑森！」

她的聲音響亮，像黃銅小喇叭突然吹起。那朵盛開玫瑰終於崩散，幾乎有如沈默的喝采。女人的美強烈得近乎缺陷，因為那美實在離凡人常理太遠。她膝蓋的骨頭互相擠壓，發出輕微的咕噥聲。

彷彿追憶著朦朧、輕柔、芬芳、久遠的事物，她喃喃說道(與其說是對男孩發話，更像是自言自語)：「啊，傑森，那些偉人的孩童大腿和嬰兒屁股。你可以停手了。」

他退下。她湊著燭火點起另一根菸。他眨眼，一手掠過頭髮，燭光照亮他的牙套，把他金屬框眼鏡的鏡片照成兩潭刺眼的光。他朝後退，撞上落滿一攤血紅花瓣的桃花心木桌。

「傑森，」她銳聲問道：「你為什麼盯著我看？傑森？」

他咳嗽，不安地動了動，光腳趾在厚地毯上一縮一伸。

「傑森？」問得更急了。

「那妳坐馬桶的樣子是不是也很可悲，母親？」

香菸自沒了神經的手指間落下，她張開又閉上嘴，但發不出聲音。她朝前仆倒在地毯上，彷彿一棵砍斷的樹，動也不動。

男孩走出門外，大笑著消失在夜色中。

一則維多利亞時代寓言（附詞彙對照）[1]

村裡，噎著碗

魯客里

大堆嫁妝中，這兒有唱歌的雞和拖把妞在獻寶，那兒有戴帽子的在危險鼓裡庫著自己的長長短短。

在每一條使你磕和擠挪兒裡，刮骨頭的、亂毛的、打哆嗦的、釣魚的、裝可

1.〔文中有許多原無註解、又遠非今日通用英語的字詞片語，盡量直接意譯是一種做法，但譯者也希望保留原文的突兀陌生、難以卒讀感，因此其中一些斟酌加以註解，而不直接翻成容易了解的名詞。〕

憐的、劈特拉的[2]、西貝乞丐[3]和帶著姘頭的鞭子傑克[4]，下了海盜船，來誆人、詐人、吃人。

一個瘸吉爾斯[5]惹火了割喉嚨的[6]，落得傑米[7]血淋淋；扒帕的拐[8]領巾、鳥眼紋手巾、換帖的跟做兵的。

在聖地[9]一個酒窩[10]，一個耍帥傢伙——鬥雞眼，刀子嘴，穿戴招搖花俏的班傑明[11]和血紅手帕——在路人雜貨旁掉了一滴淚。

可是他生命之水落了普通陰溝之後，反聖經的痛扁破布得太厲害，扒暱都豁了，都抓了鏽。

「這嘴裡的一剷讓我想射貓！我的麵團保管倉太過頭了！」

他可是上了山峰，還白蹭。酒桶塞叫道：「跟傲滿把山谷奶油擺平了再走！」但那死不賴嘰的已經迷蹤了，沒付那半個嘮叨。

在他邋棘的郭舍，他的破娃——一個殺得死人、薑色羽毛、給腦袋搭稻草屋頂的女孩——正踮著鼻子為喬郎。

她為她的門多希假裝橡膠，弄了一份高又高的豌豆小販，有披枷戴鐐的鎮議員、鈕釦門牌、一納底利刀巷的血蟲，配上愛爾蘭杏、抱著猩猩踩和波羅紅。

「求求上帝，」她說：「希望他別熊模熊樣、眼糊糊、發青、灌飽、疙疙瘩瘩、頭重腳輕、暈顛顛、耍無賴、拉塌塌、給犁耙了、昏茫茫、恍神、亂抓抓、磕來磕去、給線縫滿，或者拖把掃把的！也不要舔水溝、連梯子有洞都看不見、或者到邦蓋市集弄丟了自己兩條腿！」

2.〔偷車輛上行李的賊。〕

3.〔西貝，賈(假)也，這裡指假扮乞丐趁亂扒竊的小賊。〕

4.〔指冒牌水手，姘頭是他號稱自船難中救起的女子。〕

5.〔跛腳的人。聖吉爾斯是跛腳者的守護聖人，故名。〕

6.〔以殺人或其他暴力行為為業的惡棍。〕

7.〔腦袋。〕

8.〔偷。〕

9.〔聖吉爾斯，倫敦的一區，當時是窮人及罪犯聚集之處。〕

10.〔酒館。〕

11.〔外套，大衣。〕

但禮物好一場火亮！他一回來就立刻掉她。他對蝙蝠尖牙特別扭癖，讓她知道拉扯時間到了。她病得像匹馬，他則是胡抓胡拿的心頭漢子。

「妳這長霉的老床條，妳這臭爛老娘們，妳這老醜雞仔，妳這滿身跳蚤的老摸仔！」他轟炸。「看我給妳一劫奚，妳這莫林格小母牛！」

頂樓一個戴藤壺的釦夫（他是個私潑非的老黑莓哇客，有新門滾邊）高唱：「切掉，你這蠢貨！你給我完了假！」但兩便士上挨了鎮住的一記，差點上亞伯特城去報到。

跟這種死拉白乞在一起，她是買兔子。他把她又拍又剋又勒，直到她趴垮在敵人同伴，然後他沿著腰上大刀踏了，去找芭樂米的喬布雷。

他對她跳小枝。

「他應該進直立推磨！」她嗆呼。「他應該被送去醃！我以後再也不會跟他這種豬肝臉、恰蹄、牛肉腦袋、櫥櫃腦袋、卡疤腦袋、小提琴臉、咕囔痦的肥短淡壞一起破攬了！

「我都半邊戴孝了——不成，這真的不成。他害我傑瑞變靈活。我要鎮他

——我要掠，我要撿起樹枝砍了。」

於是她蹦了，敲一通鼓回花瓜。

屁悶星期六，一群蟲在一家湯姆與傑瑞釘了她那個鱗里鱗氣的嘴上沒毛的傢伙，因為他挖星星。他在尖刺公園收驚安神，然後被掀了。

【詞彙對照】

村裡　　　倫敦

噎著碗　　夜晚（押韻俚語）

魯客里　　指落後的街區，住著骯髒的愛爾蘭人和竊賊

大堆嫁妝　大雨

唱歌的雞	娼妓（押韻俚語）
拖把妞	衣著俗豔的女僕，阻街女子
獻寶	秀一下，展示自己的貨色
戴帽子的	誘哄別人賭博的人
庫	看，顧（諧音俚語）
危險鼓	小賭場，不懂耍老千的人在這裡會被騙得精光，甚至無法全身而退
長長短短	用來詐賭的牌
使你磕	低矮小巷
擠挪兒	更低矮的小巷
刮骨頭的	在垃圾坑、陰溝等任何可能角落尋找吃剩骨頭的人，然後將骨頭賣給收破爛的或收購骨頭的
亂毛的	假扮成殘廢老兵的乞丐
打哆嗦的	在寒冷天氣中衣不蔽體以討施捨的乞丐。這工作頗

釣魚的	不好幹，但收入非常可觀 夜裡用一根帶鉤桿子伸入開著的窗戶，碰運氣 偷東西的竊賊
裝可憐的	利用自己的或借來的小孩惹人同情的乞丐
路人雜貨	爐火（押韻俚語）
掉一滴淚	喝一口或一杯不摻水的烈酒。玩笑用語，但老牌酒鬼 說起來卻有種不苟言笑的認真。此詞的起源或許是， 年紀較輕的人喝不摻水的烈酒常會嗆得眼淚汪汪
生命之水	琴酒（來自 aqua vitae[12] 一詞？）
普通陰溝	喉嚨
反聖經	形容以髒話指天誓日

12.〔拉丁文，意即「生命之水」，指蒸餾烈酒；在歐洲，蒸餾酒初發明時被煉金師視為長生不老之藥，具有醫療效果，故名。〕

痛扁破布　兇狠辱罵，或以威嚇辱罵的方式騙錢
扒暱　同在場的人
谿　被激怒
抓鏽　生氣
嘴裡的一劑　一杯烈酒
射貓　嘔吐
麵團保管倉　肚子
太過頭　形容生病、不舒服、不對勁
上山峰　勃然大怒
白蹭　沒付錢就離開店
酒桶塞　酒館老闆
傲滿　管事的人；老大；酒館老闆（用以自稱）
山谷奶油　琴酒
擺平　付清帳款

死不賴嘰的　粗蠻無禮的人

迷蹤　迅速離開，消失

半個嘮叨　六便士

邋棘　窒悶，不乾淨

郭舍　房子，家

破娃　與一位男士維持不正常關係的年輕小姐

殺得死人　表示高度稱讚的形容詞，表示傑出、獨特

薑色羽毛　赤褐色或亞麻色的頭髮

給腦袋搭稻草屋頂　編製草帽

踮著鼻子　張望等待

喬郎　情人

門多希　親愛的，心愛的。暱稱用語，可能出自英勇的戰士

門多薩

假裝橡膠　準備極為豐盛的款待

高又高的　第一流的，棒極了的

豌豆小販　晚飯（押韻俚語）

披枷戴鐐的鎮議員　火雞配香腸串

鈕釦門牌　牛排（押韻俚語）

納底　用以稱大量商品，如「一納底水果」、「一納底魚」

利刀巷的血蟲　豬血（或其他動物的血）香腸。一直到非常晚近，利刀巷都是著名的屠宰場，靠近鐵匠野

愛爾蘭杏　馬鈴薯

抱著猩猩踩　包心菜（押韻俚語）

波羅紅　紅蘿蔔（顛倒俚語）

熊模熊樣

眼糊糊

發青

灌飽

疙疙瘩瘩
頭重腳輕
暈顛顛
耍無賴
拉塌塌
給犁耙了
昏茫茫
恍神
亂抓抓
磕來磕去
被縫滿
拖把掃把的
舔水溝
連梯子有洞都看不見

形容不同程度的醉態

到邦蓋市集弄丟了　到達爛醉的極端。古埃及象形文字中，「喝醉」此
自己兩條腿　動詞的決定格有著一人被砍去雙腿的表意形
禮物　屋裡(顛倒俚語)
火亮　吵架
掉　無緣無故毆打
蝙蝠尖牙　痛打，狠揍
扭癖　很有胃口。例如：「威爾對鈕釦門牌特別扭癖」，
我們這則軼事的主角特別扭癖的東西則如上述
拉扯時間　鄉間市集日的傍晚，小伙子動手把姑娘們拉跑的時間
病得像匹馬　常用的比喻，形容極度苦惱
胡抓胡拿　習慣亂佔別人便宜
心頭漢子　男友
床條　床伴
娘們　女人

雞仔、摸仔——稱呼女性的貶抑用語

轟炸——咒罵

給某人一劫奚——傷害毆打某人

莫林格小母牛——形容女士的腳踝「很有牛肉」，也就是說腿粗。來自愛爾蘭的用語。

據說某人路經莫林格，對當地女性的此一奇異特點大感驚訝，決定當場攔下一位加以詢問。「請問一下，」他說：「妳鞋子裡有裝稻草嗎？」「咋，有又怎樣？」女孩說。「因為，」那人說：「那就難怪妳腿上的小牛[13]會跑下來吃草了。」

13.〔英文中，「小腿」與「小牛」皆寫做 calf。〕

藤壺　眼鏡（是否為拉丁文 binnoculi 之訛轉[14]？）。藤壺（學名 Lepas Anatifera）是一種附生於船底的螺貝，討海人用以形容蛙鏡，其中有些供視力不良的水手所用

釦夫　或稱釦非，指任何年紀的男子

私潑非　多管閒事，好探人隱私

黑莓哇客　兜售繩帶、鞋帶等物之人

新門滾邊　蓄於下巴的一圈鬍子，正是傑克・克齊[15]下手的位置，故名

高唱　大聲喊叫

切掉　住手，停止

完了假　停止不良活動

鎮住　驚人

一記　打一下

兩便士　頭

亞伯特城	村裡人對肯辛頓戈爾區的玩笑稱呼
死拉白乞	沒用的廢物
買兔子	得不償失；因某種行為而帶來相當大的麻煩和不便
拍 剋 勒	形容不同程度的毆打
趴垮	倒地不起
敵人同伴	地板（押韻俚語）
腰上大刀	要道（押韻俚語）
踏	潛逃

14.〔兩者音近。〕

15.〔Jack Ketch 是John Price 的外號，此人為十八世紀初倫敦負責執行吊刑的劊子手，素行不良、作惡多端，一七一八年自己也因殺人罪被吊死。新門（Newgate）為監獄名。〕

去找芭樂米的喬布雷	造訪不良場所的低下階層女性
跳小枝	跑走，拋下某人見死不救
直立推磨	踏車[16]
嗆呼	大叫
醃	坐牢。此語出自康瓦爾的鯡魚鹽醃過程
豬肝臉	狠心，卑劣
恰蹄	爬滿蝨子
牛肉腦袋	笨
櫥櫃腦袋	形容人木頭木腦且腦袋空空
卡疤腦袋	軟弱愚笨
小提琴臉	形容人臉乾皺
咕囔痞	頑固又壞脾氣（顯然非常符合我們這位主角！）
肥短	又胖又矮又粗
淡壞	壞蛋（顛倒俚語）

破攪　與異性進行有違善良風俗的的未婚同居

半邊戴孝　扭打中被打出一個黑眼圈（黑眼圈又稱「老鼠」）

不成　表示「這樣不行」或「這樣不會有用的」之意

傑瑞變靈活　拉肚子

鎮　使吃驚

掠　潛逃

撿起樹枝砍了　收拾家當不聲不響搬離某處，也就是「月夜飛奔」

蹦　跑走，逃跑

敲一通鼓　到鄉下去

花瓜　家（押韻俚語）

屁悶星期六　「閉門星期六」之訛轉，即耶穌受難日與復活節星期日之間的那一天

16.〔為一平置圓板，用人或畜踩踏使其轉動，帶動各種機械。古時用作監牢內的刑罰，所以亦代稱監獄。〕

蟲	警察
湯姆與傑瑞	酒店
釘	逮捕，拘禁
鱗里鱗氣	令人不快，噁心
嘴上沒毛的傢伙	年輕人
挖星星	打破珠寶店或其他店鋪的玻璃櫥窗，捲走窗內的值錢物品逃之夭夭。有時下手的人會以鑽石割開玻璃，並用一條皮革繫住被割開的那塊玻璃，使之不落進店內發出聲響。又稱為切錢袋
尖刺公園	「女王凳」監獄
收驚安神	受審（押韻俚語）
掀	處決。正是這個畜生應得的懲罰

未曾收入選集之作品

〈赤紅之宅〉原刊於《當代惡夢之書》（*A Book of Contemporary Nightmares*, Michael Joseph, 1977）；〈縫百衲被的人〉原收於《性與感性：當代九國女作家的故事》（*Sex and Sensiblity: Stories by Contemporary Women Writers from Nine Countries*, Sidgwick & Jackson, 1981）；〈雪亭〉則首度發表於《焚舟紀》（*Burning Your Boats*, New York: Penguin Books）。

赤紅之宅

我記得，當時我在看一隻鷹。天空廣袤無垠，是最天真無邪的藍，藍得像小小孩剛喝完早餐牛奶的碗，留下碗緣幾抹白雲，而這片天空中銘刻著一個完美靜定的點——一隻鷹，在廢墟上空。那鷹如此靜定，彷彿是天空的中樞，是那如無形之雨落在廢墟的沈重沈默的來源。靜止不動的鷹如此高踞在轉動的世界之上，我相信牠一定將地球這半邊盡收眼底；而在這半球，一隻肥美田鼠或美味兔子跳躍而過，不知自己已被即將從天而降的、長有羽毛利爪的命運以銳利眼光綑綁。早晨，沈默，一隻鷹，牠的獵物，廢墟。若我非常努力，還可以在這景色中加上我的小帳篷，被我踏出的半隱半顯的痕跡小徑，我的各式自然學家器材……我一定是來這空曠地方採集孤寂植物的樣本。城市廢墟的綠色荒地上，有幾隻小狐狸在玩耍，空中一隻渾然忘我的鷹將此處縈繞不去的靜定全聚於一身。

鷹陡然俯衝，如習禪的劍客一般自然又精準，牠的飛落蘊含了凌空咻咻困住我的繩。

我很確定——你要怎麼打我就打吧，我記得一清二楚。不是嗎？

伯爵坐在大廳，廳裡掛著描繪地獄每一層景象的織錦掛毯，而地獄，他宣稱，與赤紅之宅頗為相似。不久，每個地方都會像赤紅之宅。混亂就要來臨，伯爵說著格格笑起。伯爵寫信的署名是「能趨疲敬上」，用孔雀羽毛沾活人獻祭的鮮血簽名。妳為什麼跑來這裡，親愛的，妳一定聽過謠言吧，說我和我的優秀隨從已經在廢墟住下，用一副塔羅牌準備混亂？

但他的保鏢抓住我時，我根本不知道伯爵是誰。他們站著包圍住在地上扭動的我，朝我露出利齒：犬齒全磨得尖尖，是他們受虐狂的標誌。他們穿著閃亮飾釘組成神秘圖案的黑皮夾克，長統靴，黑皮緊身褲，滑亮的黑頭罩緊貼著頭也遮住嘴，只露出淺色眼睛。他們的眼睛閃爍發亮，像溪裡的小石頭。他們持有手槍，腰帶上滿插著刀，每人攜帶一捲繩索。鷹俯衝而下之後，沈默重新恢復，完美得像不曾打破。

他們將繩索一端綁在其中一輛機車，拖著我一路踉踉蹌蹌、跌跌撞撞跑到赤紅之宅，不過我必須承認他們騎得蠻慢，所以我沒受太多傷。赤紅之宅以白色水泥建成，在我看來非常像醫院，像收容末期病患的大棟病房。我在那裡臥床幾天，身上的砂石磨傷、擦傷和瘀傷便痊癒了。

一切我都記得一清二楚。我知道廢墟存在，夜裡我能聽見狐狸在新邦德街上吠叫，那聲音確認了廢墟的存在，儘管我從窗戶當然什麼也看不到。

同時，在這盲目的地方，伯爵在顧問協助之下徵詢星圖。顧問不時會發作癲癇，因此整體效率有限，不過就算狀況最好的時候他的腦袋也亂七八糟，還會流口水。他滿布星星的袍子沾滿口水和灑出來的食物和其他隨機濺上的體液，因為他對自己那些古怪的欲望和樂趣相當不知羞恥，伯爵也任他發揮，他是得到特許的愚人，甚至可以在吃飯時間掏出老二玩起來。若對他淌著口水隨機表現出的好感稍顯退縮你就完了，因為這表示你沒有融入混亂。但我不確定他一直都是愚人，有時他定定看著我，發亮的評估眼神就像二手車商。然後我會害怕他可能在想我記得什麼。

當他身為愚人表現得好，逗得伯爵吃吃笑，伯爵便吩咐施瑞克太太讓他從最年輕的女孩群中取用一個。那些女孩才十二三歲，愚人就喜歡這種剛破殼而出的女人。愚人把他的禮物帶去地牢，那女孩從此消失。

但從她踏進赤紅之宅的那一刻起，不就等於已經死了嗎？被捕獲的那一刻已決定她的命運。

至於我，我很確定自己是在廢墟被那些機車騎士捕獲，我是這樣來到赤紅之宅的，我有百分之百的信心。然而伯爵以同等甚至更優越的信心向我保證我弄錯了，所以我不確定該相信自己還是相信他。

伯爵致力於抹滅記憶。

伯爵說，記憶是人與獸最主要的不同點；獸生來是要活的，但人生來是要記的。從記憶中，人將有意義的形體編織成抽象模式。記憶是意義的格網，我們把網灑在這世界令人迷惑的隨機流動上。記憶是我們穿越時間之際在身後放出的線——這是線索，就像艾里雅妮的線[1]，表示我們沒有迷路。記憶是我們捕捉過去的套索，將過去從混亂中拖出、形成整整齊齊的序列，就像巴洛克鍵盤音樂。說到這裡伯爵皺臉做出怪表情，因為他恨音樂更甚數學，他只愛聽人尖叫，稱之為「尖叫的能趨疲修辭」。夜裡有時施瑞克太太會為他尖喊，增添他的樂趣，如果我們這些女孩已經嗓啞力竭再也叫不出聲音的話。

記憶是敘事的源頭，記憶是抵擋遺忘的壁壘；記憶是儲放自我存在的地方，而自我存在是我用纖弱的自我細絲逐漸織成的蛛網，盡可能捕捉這個世界。在自己織出的網中央我可以安然而坐，擁有自我。我是說，如果能的話我就會這麼做。

因為我的記憶正經歷一場滄海桑田的變化。雖然我確定我記得，卻不再確定我記得的是什麼，事實上，也不確定我為什麼要記得。

每一天，伯爵試圖洗去我記憶的磁帶。他完美打造了一套複雜的遺忘系統。雖然我熱切斷言我是在新邦德街的廢墟被機車騎士擄來，但我也知道這斷言只是

1.〔典出希臘神話，英雄希修斯前往克里特島的迷宮要殺死牛頭人身怪獸米諾陶，國王之女艾里雅妮暗地相助，讓希修斯進入迷宮時以線標記走過的途徑，因此得以逃出迷宮。〕

我抵抗伯爵抹滅的最後一道薄弱防線。他已為我植入一套偽記憶，那些記憶有時全在我腦中同時放映，讓我混淆困惑不已，使我儘管記得一切卻無法確認那些記憶是真是假，它們全都閃亮鮮活地湧來，像是確實活過的實際經驗。全都如此。

上帝啊，全都如此。

記憶是絕對遺忘的第一階段，依循相反事物的神秘伯爵如是說。因此我被拋入赤紅之宅所有女人的所有記憶的賦格曲。如今我住在赤紅之宅，這裡是他的後宮，他將我們交由殘忍的施瑞克太太照管。她愛吃小鳥如無花果食鳥[2]和唱鶇，串烤後整隻塞進那張巨大紅嘴，吃得充滿色情意味彷彿那是包酒巧克力，然後吐出骨頭就像吐葡萄皮籽。她還有其他奢侈偏好，喜歡大口啃吃未出生的小兔。她從實驗室弄來兔子胎兒，要人用加了蛋黃格外濃稠的奶油醬烹調。她吃相很差，醬汁滴在她赤裸的肚皮上，我們當中就得有人去幫她舔乾淨。她叉開雙腿給我們看她的洞：那是沈淪解脫之途，她說。

伯爵親自來赤紅之宅給我們上課。他總是帶來一對豬，用絲帶拴著，我們這些女孩必須愛撫牠們。伯爵相信豬是完美演化的最佳例子，這種獸什麼都吃，住在屎裡——而屎是最能趨疲的物質——且只要一有機會就吃掉自己的小豬仔。

就像時間，伯爵說；就像時間。

時間，是記憶之敵。

過去與未來非常相似。

黃昏時分，我下火車，先前那陰冷車廂裡僅我一人，只點一盞發綠的晦暗煤氣燈；與之成對的另一盞壞了，在一面滿是磨損痕跡、花得根本照不出人影的鏡子旁。污穢地板上亂丟著三明治包裝紙和柳橙皮。這一路景物灰敗，穿越包裹著屍衣般秋季霧氣的沼地，毫無人跡，平坦，四處積水，偶有幾株樹梢截去的柳樹，模樣憂鬱像手臂被砍斷的男人，或身體遭受摧殘、頭上有鞭子在揮的女人。我在寂寞的小站下車，夜色逐漸掩至；一個臉上神色封閉如門窗釘緊的男人走來

2.〔fig-pecker 源自義大利文 beccafico 一字，指一種或數種啄食無花果的小型鳥，南歐料理視為佳餚。〕

接去我的車票，一個字也沒說，把我的錫製小小行李箱扛上肩，搬出破舊的木造車站建築，搬上外面一輛寒酸的馬車，車杠間是一匹又飢又瘦的小型馬，一根根肋骨突出在黯淡無光的毛皮下。車伕位置坐著一個暗色髮膚穿黑制服的瘦男人，我震駭驚恐地發現他竟然沒有嘴，嚇得倒退，但站長一把抓住我的手，幾乎是強迫將我塞進馬車，然後重重摔上門。

可憐的小馬痛苦舉步拉動馬車，我最後一次瞥見世界；在可怕的這一刻之前，我在那世界度過了二十二年青春歲月。我進入前方的黑暗，還彷彿看見站長咧嘴而笑的臉，那張臉趴在污濁的馬車窗上送走我，在突然湧起的惡意歡欣中變成一張純粹邪惡的面具。

我知道自己必須試圖逃離，無力地扭扯車門，但車門緊鎖。搖晃而沈重的馬車無可挽回地把我帶進夜色陰影，夜色似乎飄過沼地要將我吞噬。我頹然靠在皮椅背，忍不住流出無助的眼淚。

最後我們進入一處黑暗庭院，幾乎完全被又高又黑的樹木封閉。馬車駛入後，院門立刻關上。小馬停步，死氣森森的車伕開門放我下車，伸手扶我，姿態也算有禮，我別無選擇只能碰他。他的皮膚濕冷，一如四周沼地的潮濕黑夜空氣。

然而當我壯著膽子看向他那張可怕的臉想道謝，卻看見他的眼睛說話。儘管他沒有嘴也當然沒有講話所需的唇、牙和舌，但那雙嚴肅的眼睛是大海深處的顏色，告訴我我是個很讓人憐憫的女孩，而在那發亮的海底，我感到命運對我做出最可怕的暗示。那座散亂蔓延、磚塊建成、鋪以紅瓦的建築半像農舍半像鄉間宅邸，如今——要是我事先知道就好了——完全供伯爵實驗用；施瑞克太太在門邊等我，身穿華麗的赤紅絲洋裝，坦露出乳房和不堪想像的傷口般的性器——我將學會比怕死更怕施瑞克太太，因為死亡至少有盡頭。

如今你身在一切灰飛煙滅之處，如今你身在一切灰飛煙滅之處。

然而我被捕獲過程的這個版本——絕望像灰雪落在我經過的景色上，直到抵達希望消失的那一刻——有時在我看來太文學調調、太十九世紀，其中有火車，有《時報》上徵求女家教的廣告，將我像布朗蒂小說的女主角用命運之線一路拉到陰鬱的平坦沼地。煤氣燈和啞巴車伕帶有筆墨過於做作的偽記憶味道，儘管想起他皮膚的觸感我仍為之顫抖，也將永遠忘不了他的眼睛。

但伯爵，統御一切形式之死的「異變之子」，向我保證如今遺忘的過程已進行得差不多，因此我可以同樣輕易地記起過去和未來，反正兩者都是幻象。我或許是根據以前在火車上讀過的小說編出一個過去，此外也猜測未來：因為新邦德街上沒有狐狸。除非有一天塔羅牌崩塌讓狐狸吠叫著從底下跑出，牠們才會在新邦德街上嬉戲。過去時間和未來時間合起來扭曲我的記憶。

但有某段記憶，我有時會想它一定是最真實的，因為遠比其他記憶可怕太多。我心愛的父親腰桿兒很直、姿態挺拔，儘管七十個年頭已將他的髮變成水沫般的白。舒適的公寓裡，我們坐在鋪紅絲絨桌布的喝茶圓桌旁，通向陽台的窗戶開著，微風吹動我那些欣欣向榮天竺葵的沉甸甸花朵，有白、有鮭魚粉紅、有赤紅，全排成一排，散發香料般宜人芬芳。

我多麼愛那房間啊……滑溜的馬毛沙發鋪著草履蟲圖案的披布，還有成堆靠墊，上面有我母親刺繡的色彩鮮豔的各式蝶與花，黃檀木櫥櫃裡排滿牧羊女與捕鳥人的小瓷像，全落了薄薄一層灰——我不是持家高手；波斯地毯有塊污漬，是我六歲時打翻熱巧克力留下的痕跡；壁爐架上有個瓷缽，裝滿乾燥香花。

以前母親每年夏天都會從我們鄉下的房子摘回花朵，做成乾燥香花。現在她已不在世，但仍統御我們的茶桌，就在牆上的雀眼楓木框裡對我們微笑，那張著色的照片是她與我父親婚後不久拍的。當時她仍非常年輕，不比我現在大多少，頭戴寬草帽，帽上裝飾著粉紅緞帶和一把雛菊，帽緣輕柔遮住她的眼，睫毛長得讓眼睛看來像海葵的中心。那雙眼睛是一種神秘的暗綠色。

人家說我眼睛像她。

有些女人乾脆把眼睛挖了算了，伯爵說；他會特別生氣，如果他正忙著洗去記憶磁帶時，我開始——有時我不由自主會這樣——像錄音帶卡住似地一而再、再而三重複：「人家說我眼睛像她。」他用綁成結的鞭子打得我肩膀流血——來找他的女人的時候，他從不忘記帶鞭子——然後把我交給施瑞克太太，送進感官剝奪室一段時間，我必須爬進她那遺忘的洞裡待一陣。

父親與我坐在母親的照片下，那老式房間裡的一切都因熟悉而深受喜愛。我二十二年的人生就在這房裡像一把扇子緩慢安靜地展開。我為父親倒茶，銀茶壺的壺嘴形狀像天鵝脖子；細窄柄的茶杯是白色薄瓷，杯緣彎彎曲曲的金色線條已經褪色。我這只杯子多年前就承受不住自己的重量，裂了，我記得父親仔仔細細將它修補得完好如初。桌上有個玻璃小盤盛著檸檬片，銳利清新的香味使這濕熱的七月下午為之一醒。透過百葉窗的細長薄板，光照進來呈平行四邊形，讓我們感覺自己能控制天氣。屋外公園裡，幾隻鳥啼著盛夏的筋疲力盡之歌。

靴跟的喀噠斷音。戴手套的拳頭蠻橫地捶在門上。老人伸手要拿他總是佩在腋下槍套的左輪，卻被他們開槍打倒，白髮染滿了血，紅如施瑞克太太的紅漆屋，她就在我腦海迷宮中央的酷刑室等著我，她是有女人頭、母牛孔的米諾陶[3]。

我父親趴倒在茶桌上，杯盤散落摔成碎片。他的手指在半空中攫抓，抓住最後一把失落的世界，然後世界便永遠離開了他。

然後他們抓住我，剝光我衣服，在母親的照片下、鳥類圖案的波斯絲毯上強暴我，丟給我一件外套，用槍頂住我的背，逼我走下發出回音的樓梯，進入等在外面的一輛裝甲車。我原是處女。我疼痛不堪。

施瑞克太太穿著灰暗橄欖色的筆挺制服、純黑長襪、以及那雙走動起來把油布踩得到處是洞的六吋高跟鞋，在桃花心木書桌旁紀錄我的資料。我拒絕告訴她我哥哥在哪，她叫我躺在房間角落的行軍床，上方是一張伯爵騎著有翼飛蛇的宣傳海報，然後她以不偏不倚、無動於衷的態度，將香菸頭燙在我小陰唇的內膜。我記得，當時我看見窗外有一隻鷹，位於仲夏藍天動也不動的中心點，沈默自鷹翅落下將我擊昏，遠甚於她造成的疼痛。

一個勤務兵帶我到赤紅之宅，這是一棟門漆成紅色的四方建築。他差不多得用抱的把我抱來，因為我幾乎走不動。他臉上沒有嘴。沒有嘴。他的眼睛野性蠻荒，沒有多少人性。

「啊哈！」伯爵好脾氣地說：「妳的記憶在愚弄妳了！」

寬宏大量的他，在一處發出回音、掛有華貴織錦的寬廣大廳接見我。對這廳的外部我只剩混亂不堪的記憶，但現在我對廳內再清楚不過，這裡是無數房間組

3.〔參見註1.。〕

成的迷宮，就像大腦內部。他脫去仍胡亂披在我肩上的我的舊外套，丟進焚化爐，然後給我看那把黑曜石的獻祭之刀，對我說：「此刻開始妳不再居住在這個世界，因為只要我隨便一個念頭，妳就會消失在世界上。」

但他的作風比動刀含蓄微妙。致力於消溶形式的他，打算以各種不同的存在腐蝕我的存在感，讓我被自己眾多的過去、現在和未來搞糊塗。

我正在腐蝕，正在磨損，正被撫磨光滑，一如石頭被大海的手撫磨。他洗去我的記憶磁帶，換以他自己的替代品，構成我獨特性的元素便隨之四分五裂。若說我遭擄過程的第一種版本包含了尚不存在的廢墟，第二種版本又迴盪太多我可能讀過的書的回音，那麼這第三種最為感人的版本可能也只是扼要重述了一場中歐夢魘，或許是電影裡看過的布拉格或維也納的一段，或者在長途火車上聽素昧平生的陌生人傾吐過。因為有時候我無法相信自己受了這麼多苦。

若我能將一切、將當時發生的情形記得一清二楚，那麼在過去的模稜曖昧重擔下，我應該就能獲得自由。

但在這記憶賣淫的妓院，沒有自由，一切都受塔羅牌控制。施瑞克太太當然是「女祭司」或「女教皇」。伯爵給她一襲藍袍，穿在那件可怕的紅洋裝外，好讓我們每次看見都想起我們所有人共通的、無法解除的那部分獸性，因為我們都是女人。她是性慾的範式。我們全在她的毛茸茸洞口旁敬拜，彷彿那是神諭山洞口。

我們玩「塔羅牌遊戲」時，施瑞克太太坐在一個小王座上。伯爵有本特別的書，紫紙黑字，掛在他私人居處一根扭曲樑柱上；他們取來書，打開放在她叉開的膝上，模仿她的性器，因為那也是一本禁忌之書。

「塔羅牌遊戲」就像中古世紀君王的棋戲，在自己宮殿的黑白格大理石地板上拿人當棋子。他們讓一隊穿黑，另一隊穿白：騎士名符其實騎著盛裝戰馬，有時會拉下一堆糞便的馬匹照規則小心斜走，以示棋戲是認真的；主教戴著適合的法冠；卒子當然就穿一般民兵制服。伯爵玩塔羅牌遊戲時，用十四名隨從當大奧義[4]。若說

4.〔全套塔羅牌含大奧義(major arcana)及小奧義(minor arcana)，前者二十二張，為各有名稱的人物或象徵圖案，如文中提及的女教皇、愚人等；後者五十六張，分四種花色：杖、杯、劍、五芒星，約略等同今日的梅花、紅心、黑桃、方塊。〕

施瑞克太太扮起女教皇儼然天生威儀，愚人當然就維持「愚人」的角色。他們戴上面具，隨伯爵用電子合成器逼出的、頗似尖叫的不規則聲響起舞。伯爵隨便解讀這幻覺牌組的含意，由之召引混亂：他是有他的方法論的。他是個科學家，就他的角度而言。

現在，我總共已被洗去、替換、重播了太多次，我的記憶只是可消去舊字另寫新字的羊皮紙，充滿各種可能性與或然率；但仍有些元素他無法從我身上去除，而有意思的是，這些內容並不是老人頭上的血，或他的爪牙部下包圍逼近我，石頭眼睛帶著礦物般的威脅。不是。有一隻鷹，在一片靜定天空將一切曾組成複雜世界的元素都拉向牠。還有個生來沒嘴的男人我腦海的迷宮揮之不去。還有某一類眼睛，一旦看過便再也無法遺忘。

當我不由自主重複：「我看到一隻鷹，我看到一隻鷹，我看到一隻鷹……」或者：「人家說我眼睛像她」，伯爵氣得簡直要把我活剝皮。他的憤怒是一種神經反射作用，就像懦夫在戰場上發揮瘋狂勇氣對抗自己的軟弱；處在如此極端境地的我竟仍能堅持記憶，提醒了他混亂或許有補救的可能，這點令他大為震怒。

大概不需我說你也能想到，我們這些赤紅之宅裡的女人過著完全孤絕的生活，不過我們所有人的經驗被有計畫地交替穿插，倒也讓我們模糊但普遍感覺到彼此親近。當我在淚濕的枕上重溫被擄的致命時刻，我感覺到的懼怕可能是妳的，妳的，或妳的——那是一種與我自己不同的懼怕，然而我卻體驗它一如我自己的懼怕，因此我離妳們所有人愈來愈近。

然而伯爵後宮的猙獰運作使我們的生活收縮受限，我們不是自己，是他玩的牌，是不停變換的合唱團為他合音，為施瑞克太太，為愚人，還有其他我不認識、只在玩塔羅牌遊戲的晚上才會看見的人，那些象形符號般的人形一如幽魂來自被遺忘的神譜學，依照心血來潮的隨機指揮起身或倒下。「上帝是隨機的。」伯爵說，他相信時間將會優柔寡斷地戰勝它本身的修正，也就是記憶。

我們彼此之間當然會竊竊私語，就像小主人上床睡覺之後，收在玩具櫥裡過夜的玩具。我們的低語聲音很輕，被自己置身的險惡處境震懾。夜裡在房間的黑暗中，我們看不見彼此的臉，沒有身體的聲音像枯葉窸窣，有時我們伸手相互碰觸，輕輕地，一根手指擱在彼此嘴上，讓自己安心，知道有一個聲音自那開口發出。我們以鬼魂般的方式表露自己，因為我們不已經是影子了嗎？死人的幽靈，活人的幽靈，在這兩種臨駁狀態之間沒有什麼選擇。

然而，我擁有若干珍貴的記憶憑藉。一隻鷹，一個沒有嘴的男人，一雙沒有臉的眼睛。只要我繼續把它們保存在記憶裡，就算遺忘了它們的任何脈絡，也都能保留一點點自己不被伯爵的哲學消溶。他要打我就儘管打吧，我不怕在奧義牌的嘉禾舞曲中遇上死神的猙獰白骨，由此可見我如今的處境多麼不堪。

（若妳真的發現自己的舞伴是那身白骨，妳當然就此消失。）

愚人從來不說話，只會尖喊和咿咿呀呀；他已經愈來愈完美，已經差不多忘光該怎麼說話。當我在毆打之下尖叫，伯爵便說：「這樣才對嘛！誰需要字句？」

我們是他的後宮，也是他的養成學校。課程分為三部分。首先，我們學習遺忘；其次，我們忘記怎麼說話；最後，我們停止存在。

赤紅之宅沒有鏡子，因為鏡子衍生靈魂。鏡子告訴妳妳是誰，而我們這些可憐女孩沒半個人有丁點概念自己可能曾經是誰。然而，當伯爵打我們，我們感覺疼痛，便知道自己還活著，還沒完全灰飛煙滅，而我記起自己不再是自己時，那種強烈的苦痛也相當真實，難以消退。

然而我們共同記憶的賦格曲也是一種慰藉。儘管我不再是自己，有時候，當我們，我和其他的小奧義牌，被迫玩塔羅牌遊戲時，我感覺我也許，以一種尚無形式、尚不連貫的方式，幾乎是一整群自己。當我們躺在睡覺的地方，碰觸彼此，確認我們如信封般被撕開的身體仍然存在即使信封裡的東西已經丟失，那感覺幾乎像我的身體變成了印度廟宇那種許多手腳、許多頭的雕像——在我的迷惑中，再也沒有必要試著確認最初那一個。伯爵把磁帶攪得愈亂，後宮眾人就愈合而為一，成為一個有許多手許多眼的女人，沒有名字，沒有過去，沒有未來——首先，存在於空無之中；然後很快，自己也變成空無。

混亂就像一大桶酸液。一切瓦解。

然而我緊攀著我的記憶憑藉，像瀕臨溺斃的人緊抓船槳。隨著時間流逝並磨損我，我愈來愈沈思那些記憶，逐漸能讓自己接受一個事實，即它們可能完全不包含任何真實記憶的元素。一開始這讓我很難承受，但不久我便明白，那鷹、那沒有嘴的臉、那沒有臉的眼睛，全都是我仍帶在身上、沒有離我而去的世界的殘餘；如果它們不是真的記憶，那麼或許在某種意義上，它們就像所有難民隨身都會帶有的零星物品，儘管微不足道，但他們絕不肯放手——比方說，一把彎了柄的湯匙，或者已經不存在的城市的一張電車票。小東西，本身沒有意義，卻是一整個意義系統的關鍵，只要我能記得……

就說那隻鷹。若我把那鷹想得夠久，我會記得我並不記得牠。那是個痛苦的開始，但總得從什麼地方開始。當初當然有天空，赤紅之宅外面多的是天空，只是我們在屋裡看不到。天空。現在，那隻鷹——唰！飛下來了，像屠夫的剁肉刀砍穿肉。鷹飛墜而下，直撲在苜蓿與嫩草間蹦蹦跳跳、不夠小心的豐肥兔子；鷹眼像望遠鏡的鏡頭，將我拉近放大，看見躺在陽光下、衣服上滿是新鮮草香的我。是的。我記得夏日的綠色氣息，倒也有點像揉碎天竺葵葉子的香料般味道。（專注於肉體的印象，任何肉體的印象；將它從過去、從我置身於赤紅之宅前的時間，收捲回來。草味，天竺葵味，切片檸檬味。這些氣味都喚回了世界。）

我躺在以記憶重建的草地上，開始察覺那鷹是個有點疑神疑鬼的偏執意象。因為當時我不知道自己被人注視，對自己即將面對的、長有羽毛利爪的命運一無所知。所以我會被暴力強奪。擄獲，然後強暴，此詞源自拉丁文的 rapere，表示暴力強奪……這可有趣了，好個掉書袋的兔子，該從記憶小巷裡捉出來。我一定曾學過拉丁文，儘管我想像不出目的何在。於是擄獲與強暴合一。人是一種堅持製造模式的動物，伯爵輕蔑說道；妳看得那麼重要的全世界，只不過是漂亮的花朵壁紙貼蓋在混亂上。

伯爵在他的坩堝裡準備混亂。他玩塔羅牌遊戲，將混亂變成一種體制。伯爵署名「能趨疲敬上」，用鷹羽沾撕裂的童貞鮮血簽名。

鷹飛降而下。他們將我推倒在古董波斯絲毯的鳥兒圖案上強暴。令我訝異的是，一個模式出現了，儘管風格化得一如我可能曾踩在上面走過的那些鳥兒圖案。因為那鷹不多不少正是我被擄的記憶，保存為一個意象，或一個聖像。

我無法形容具體想出這一點時我是多麼鬆了口氣，雖然它並非記憶，卻是在我的苦難中對我有些意義可言的中介關連。彷彿我在淫亂散落後宮滿地的無數混雜肢體和手和眼當中，正確無誤挑出了我自己的手，重新旋接回我的手腕，感覺血液流回那隻手。或者從滿地亂糟糟中抓出我母親的眼睛，仔細在袖子上擦乾淨，重新放回我的眼眶，那才是它們該在的地方。

那麼，是我母親的眼睛跳出那張老照片，跳進我的腦海；那也是那個啞巴車伕的眼睛，充滿哦充滿了對我的憐憫，使我心跳都為之暫停，害怕自己將遭遇到何等災殃。那雙眼睛也有一圈長又長的黑睫毛，是沾了煤灰的手指把它們放回去的。它們以只屬於眼睛的啞然語言令我感動，我不知道它們是否真的是我自己的眼睛，因為這裡沒有鏡子，或者它們屬於我曾愛過的某個人，在那人消溶於我的記憶之前。然而，我必須將這雙眼睛塞回某個人的頭上，隨便誰都可以，好讓這雙眼睛有意義，它們會繼續說話，儘管嘴已被封起。

那雙眼睛充滿所有我將失去的言說，當遺忘烙封我的唇、使我再也無法說話，就像那啞巴車伕，就像那眼睛被切除、代之以猛禽眼睛的啞巴勤務兵。或者代之以石頭，就像那些機車騎士，嘴巴藏在皮頭套裡，看不出他們有沒有嘴。

於是我建立了我這場橫禍——從被擄獲到灰飛煙滅——的語尾變化：鷹，沒有嘴的臉，沒有臉的眼睛。之後便將一無所有。我將完全沈默。

當我察覺自己已將這些零散元素組織成一個格網，或一個連接的系統，這是打從進入赤紅之宅的隱晦大門以來我第一次感到歡喜之情一湧而上。我檢視自己乳房和肚腹遭受虐待的皮肉，感覺不是悲傷於自己被蹂躪，而是憤怒於伯爵如此凌虐我。就算這只是傀儡起而抗拒傀儡戲班主，又怎麼樣：傀儡戲班主的權威不正全仰賴他那些木偶的順從？我難道不能，以我這有系統的隨機連結，控制這個遊戲？

鬼魂重組那些讓它變成非存在的事件，重組的同時它也一小時比一小時更具實質。

而且沒有希望也就沒有畏懼。甚至不畏懼施瑞克太太，有朝一日我們必須穿過她的洞爬向滅絕；除非那其實通往自由。

今天早上，伯爵忙碌地洗去了我的維也納末日的所有磁帶；我很高興，那是段醜惡的記憶，我真心為同伴當中曾擁有那段記憶的人感到難過。他以慣常的獸性欣喜吃吃笑，終於除去了我那強迫式的、緊張的、打嗝般的一再唸叨：「人家說我眼睛像她。」但那是因為他不知道我已不再需要記得它，不管它是真是假；我已知道了一切我需要知道的，可以熬過酷刑歲月以及那一切二手家具般傳下來的畏懼——魔法袍，假符咒書，愚人的沈默，娼妓的滅絕。

這世界是一座醜惡的秘密暗牢。但在此處的垃圾之中，我將找到還我自由的鑰匙。

雪亭

車子在一片雪地阻滯不前，卡進一道車轍，動彈不得。我罵不絕口！我本打算此時已舒舒服服湊在熊熊爐火前，身旁的桃花心木酒桌(這可是行家貨色)上擱著一瓶純麥威士忌，梅莉莎的五道菜大餐在廚房飄散香味；讓室內裝潢更加完整的是，一隻拉不拉多犬信任地把頭枕在我膝上，彷彿我確實是個鄉間紳士，名正言順地懶洋洋倚著印花棉布沙發。晚飯後，在我照例念詩給她聽、再與她歡愛一場之前，我優雅又高尚的情婦(也是行家貨色)或許會為她的兼差夫君彈曲鋼琴，我則用她的珍貴小杯啜飲濃烈黑咖啡。

梅莉莎富有，美麗，年紀比我大頗多。僕人們對我投以同謀共犯的狡猾眼光：不管我怎麼揉縐床單，他們就是知道你沒睡過那張床。議院會期間，這屋的主人都住在倫敦的另外寓所，而現在議院正忙得很。我只見過他一次，就是我認識梅莉莎的那場晚宴——他對待我的態度隨便而粗魯。我年輕，英俊，前途光明：所以我跟為人夫者關係通常不太好。為人妻者就大不相同了。馬亞寇佛斯基[1]說得一點也沒錯，女人非常偏愛詩人。

結果現在她漂亮的汽車在雪地裡拋錨了。我向她借車開往牛津，表面上的理由是買書，出於狡黠的本能用天氣當藉口。昨夜老婦把床搖晃得變本加厲——好大一場雪！我醒來時房裡滿是輝亮雪光，映照在梅莉莎一綹綹蜂蜜色頭髮上，讓我再度感覺到——但這一次幾乎無法控制住——那種我與她在一起有時會產生的幽閉恐懼。

我說，今天晚餐後，我們一起唸些關於雪的詩吧，為這天氣獻上應景的白色詩句。任何藉口，不管多離譜，只要把她弄出屋外就好——我空腹享用了太多奢侈，問題就出在這裡。他老是眼大肚子小，奶奶以前常說；當時奶奶就看出這項特徵了，在我還會尿床、說話漏風、蹣跚學步、根本不知奢侈為何物的那年頭。我告訴你，這是文化性的消化不良，靈魂的腸絞痛。我要怎麼離開這裡，離開她那些倒影約略微妙失準的古董鏡，她那裝進十八世紀水晶瓶的法國香水，她那些在橢圓鍍金畫框中露出莫測冷笑的女祖先？還有她那些娃娃，最要命的就是她那些該死的娃娃。

那些娃娃從來沒人玩過，那是她精心收集的古董女子，是梅莉莎魅力的一部分，她辛辣的獨特創意安全地傾向於古趣。其中十幾個最精美的娃娃住在她臥房，一座玻璃門的緞木櫥櫃裡，奢華裝飾著各式玩具擺設、迷你沙發、縮得小小的平台鋼琴。它們的頭是模造瓷器，每一個酒窩、每一道猶如蜂螯的豐厚下唇都細心巧手塑成，假髮和長得超過真人比例的睫毛是用真髮做成。她告訴我，給這些娃娃做玻璃眼睛的工匠，就是做那些充滿魔法雪暴、珍貴之至的紙鎮的同一人。每當我在梅莉莎床上醒來，第一眼看見的就是十幾雙似乎潮濕發亮的閃亮眼睛，彷彿淚汪汪指控我不該出現在這，因為那些娃娃跟梅莉莎一樣都是完美的高雅仕女，而我這個赤身裸體往上爬的人——事實上，赤身裸體正是我衝鋒陷陣不

1.〔Vladimir Mayakovosky，俄國詩人。〕

可或缺的戰袍！——很明顯不是紳士。

過了三天那種風格高尚的生活，我迫切需要坐在大眾酒吧，喝它幾品脫粗糙的苦啤酒，跟酒吧女侍交換幾句雙關的風言風語——但我總不能對夫人閣下這麼說吧。我必須用詩做為放假一天的正當理由。車借我，梅莉莎，我要去牛津買一本關於雪的詩集，因為這屋裡沒有這種書。我買妥書，也抽空滿足了對麵包、乳酪和俏皮話的需求，一切順利。然後，幾乎已經就要到家了，卻卡在這裡動彈不得。

整片原野積雪幾乎滿溢，一場欲來的雪使近傍晚的黑暗天空為之變色。群群烏鴉在高空的無形旋轉木馬上轉個不停，不時發出一聲鏽啞的嘎叫。我打開車前蓋看了一眼，只知道自己不知道問題出在哪，必須下車沿著小路走去，而路上紫褐色的影子告訴我雪與夜將一併到來。我呼出的氣變成煙霧。我把梅莉莎丈夫的圍巾在脖子上纏好，雙手插進他羊皮外套的口袋；這件借來的外套讓我保持溫暖，不過寒意使我前額的神經嗡嗡尖細顫抖，像風吹動電線。

沒有葉子的樹，石牆交錯分隔、有如拼布的山坡——這一切全在昨夜的暴風雪肆虐下變成一個顏色。雪塞住所有聲音，只剩烏鴉的反諷叫聲做為標點。放眼望去毫無生物蹤跡，放牧的牛都關在熱氣蒸騰的牛欄裡，柯林．克勞和霍賓諾[2]在爐火旁抽菸斗，好一副田園家居景象。只要是能溫暖乾爽待在屋裡的人，今天誰會想來到戶外。

太白了。戶外太白了。沈默與潔白，兩者的強度如此並駕齊驅，讓你知道真正雪國居民的感受，在那裡雪並不是希罕因此迷人的訪客，將冷冷的漂亮花環放在樹上，讓我們以為樹木假扮開花。（多麼纖細的適恰比喻，還淡淡帶有波提切利風味。我恭賀自己。）不。今天的冷是永白國度那種殺死人的冷；今天的可怕坦白是凍瘡聖痕的白色雀斑。

面對這麼多潔白，我的敏感，屬於小詩人的精緻敏感，禁不住繃得脆生生叮噹響。

2.〔兩者皆典出英國詩人史賓塞（1552-99）的田園詩。前者出自〈柯林．克勞再度返家〉，後者出自〈牧羊人曆〉，描寫 Hobbinol 與 Colin 兩名牧羊人之間的情愫。〕

我確信不久就會找到村莊，可以打電話給梅莉莎，然後她會叫村裡的計程車來接我。但雪原此刻在愈來愈濃烈的光芒中閃爍有如鬼魅，四周整片白色世界仍毫無生命跡象，只有盔狀烏鴉呱叫著飛降歸巢。

然後我走到一處雙扇鑄鐵大門，門開著，裡面是一條車道。車道盡頭一定有什麼宅邸之類，可讓我躲避風雪，而如果他們有錢（住在這麼風格高尚的地方不有錢才怪），一定會認識梅莉莎，說不定還會派自家司機送我回去，溫暖車內充滿新皮革的好聞氣味。我相信他們一定很有錢，鄉間像爬滿虱子一樣到處都是有錢人。先前開往牛津的路上，我不就壓扁了一對雉雞嗎？[3]受到如此鼓舞，我走進大門，左右門柱上面目猙獰的半獅半鷹怪獸頭頂積雪，像戴著圓圓小帽。

車道蜿蜒穿過一片榆樹叢，光禿禿樹木的上肢滿是陳年烏鴉巢，像一堆可怕的虱子。我看得出下雪之後這裡就沒人走過，因為已凍硬結霜的地面上只有兔子腳印和楔形文字般的鳥爪痕。沿著車道我逐漸上坡，鞋子和褲管下緣已經濕透。天色愈來愈暗，愈來愈冷，老婦一定又試探地抖了兩下床墊，因為一些雪片再度飄下，落在我眼睫毛上，因此我看見那屋的第一眼彷彿噙著淚水，不過我可以向你保證，我已經擺脫了哭這個習慣。

此時我已來到陡峭的山丘頂，面前一處谷地，一圈由雪形成的魔法花園環繞下，是一棟精美宅邸，英國文藝復興的逸樂建築風格，每一扇窗都透出輝耀燈光。我想像自己對梅莉莎形容它——「那景象彷彿可以用眼睛看的德布西作品」。真迷人。但儘管那屋四面八方透光，卻一片沈默，只有結霜樹枝的吱嘎欲裂聲。燈光與霜。我頭上的冬季天空開始出現星星。特別為了我有文化有教養的女贊助人，我將天堂屋宇的星光和大宅的燈光加以詩意連結。是誰為她將今天這飄雪下午裝滿精美意象的三和弦啊？還用說，當然是她的聰明男孩囉！她一定會很高興。這下子我可以讓意象工廠下班了，該開始進行生活這檔正事，而那棟美麗房屋似乎便充滿優裕生活的希望。

然而，既然這房子大放光明，蛇般蜿蜒的台階上的屋門又開著彷彿等待賓客到來，為什麼雪地上仍沒有任何人來去的痕跡，只有我的腳印從棄置在路上的梅

3.〔英國上流階層傳統習慣在鄉間宅邸放養雉雞，供打獵用。〕

莉莎的車一路延伸而來？窗裡也看不見任何人影，沒有半點聲音？

寬廣大廳空無一人、一片寧謐，只見一座巨大吊燈，一枚枚水晶在暖空氣中發出輕微玎玲，玲瓏切面的七彩變幻影子投射在飾有白灰泥飾帶的牆上。這座吊燈令我望而生畏，像個太氣派體面的管家，但我還是找到拉鈴繩，扯了一下。洪亮鈴聲在屋內某處響起，吊燈也隨之振動叮噹，但等到一切恢復安靜，還是沒有人來。

我又用力拉一下鈴繩，仍沒回應，但一陣風突然掀起一陣雪或霰，從我四周颳進廳內。吊燈在風中搖動，發出音樂般響聲，我身後的戶外空氣充滿雪的味道——暴風雪又要開始了。我別無他法，只能勇敢跨過無動於衷的門檻，雙腳在擦鞋墊上踩踏了好一會兒，聲勢之浩大足以將我來到的訊息傳遍整個一樓。

這絕對是我見過最富麗堂皇的房子，而且溫暖，暖得我凍僵的手指陣陣刺痛。然而屋裡一切全白，就如戶外夜色中一切全白，白牆，白漆，白帷簾，到處都有淡淡香水味，彷彿許多身著美麗禮服的富有女子先前穿過大廳去喝杯餐前酒，留下麝香鹿和麝香貓的氣味獸跡。光是這裡的空氣就彷如她們光裸手臂的撫觸，私密，淫逸，希罕。

我的鼻孔大張微顫。我真想跟這些美麗女子每一個都做愛，正是她們的不在格外突顯了她們的存在。這是一棟專為享樂、放縱、優雅肉慾而建造裝潢的房子，我感覺自己像米儂來到長著檸檬樹的土地[4]，恨不得就此住下。我鼓足勇氣，以連自己聽了都嫌吵的聲音喊道：「有人在嗎？」但只有吊燈玎玲回答。

然後我身後突然傳來吱嘎聲，我猛轉過身，看見屋門悠然關上，發出無可挽回的輕輕一聲喀噠。這時我頭上的吊燈似乎控制不住地吃吃竊笑起來，彷彿樂得看見我被鎖在屋裡。

是風，只是風罷了。試著相信只是身後的風把門吹上，用力控制住你的想

4.〔典出英國詩人弗萊克(James Elroy Flecker, 1884-1915)的〈米儂〉。該詩前兩段提及：「你可知一處土地，檸檬樹花朵綻放／柳橙閃著深澤金光？〔……〕你可知那片土地？如許遙遠美麗！／吾愛，你與我將漫步而去。〔……〕你可知一棟宅邸所有房間燦爛／大廳與柱廊明亮煥然？／大理石雕像佇立看我／啊，可憐的孩子，他們對你做了什麼？／你可知那處土地？如許遙遠美麗！／我的守護者，你與我將漫步而去。」〕

像。別那麼突然不安起來，別再發抖了，慢慢走到門口，別顯得緊張。只是風。或者——也許——是屋主玩的把戲，是惡作劇。我求之不得地緊抓住這念頭。我知道有錢人最愛惡作劇了。

但一明白這必然是惡作劇，我便知道屋裡不會只有我一人，因為這看似空蕩的狀態正是惡作劇的一部分。於是我先前的不安又被另一種不安取代，變得極為侷促。這下子我必須步步為營，不管發生什麼事，我都必須表現出懂得怎麼玩這場自己突然置身其中的遊戲。我試了試門，但門，當然，鎖得緊緊的。我忍不住感到微微驚慌，壓抑那感覺……不，你並非任憑他們宰割。

大廳仍然空無一人。我左右兩側各是一扇關著的門，面前台階通往空蕩的樓梯間平台。我是否將在尷尬羞辱的情況下見到屋主，他們是否會全從牆板裡的藏身處、從垂地的簾幔後蹦出來——「嚇！」——取笑我？一大束插得華麗的白星海芋後一面巨大的鏡，照出我這窮詩人穿著一身不太搭調的借來的鄉紳服裝。我心想，我的臉看來真是蒼白又不稱頭，那是一張吃了太多麵包和人造奶油的臉。快點，振作起來吧！你早就把麵包和橘子醬拋在身後，留在奶奶家了。現在你是梅莉莎夫人家中的客人，你的車在路上拋錨，你是來求援的。

然後，讓我鬆了口氣卻也更加不安的是，我在鏡中看見自己身後出現另一張臉。她一定知道我會看見她在我身後悄悄張望。那是一張蒼白、柔軟、漂亮的臉，披著金髮，突然從海芋的倒影後方冒出來。但當我轉過身，她——年輕、狡黠、步履輕迅——已經不見，但我幾乎可以發誓我聽見排鐘般的輕笑聲，除非是我吃了一驚的陡然動作又振動了吊燈。

這一閃而逝的人影讓我確知有人正在看我。（「多有趣啊，一場捉迷藏的遊戲。話說回來，您是否，或許，可以派司機……」）我老大不高興地明白自己被分派了小丑的角色，打開我在一樓碰到的第一扇門，預期發現吃吃笑的觀眾等在門內。

空空如也。

白配白的接待廳，全是漂淡的蒼白，玻璃加鉻鋼的角落小几，白漆器用具，沙發布是厚厚的白天鵝絨。他們知道有客人要來：房裡有酒，有幾缽冰塊，有一盤盤堅果和橄欖。我很想拿起雕花玻璃杯隨便斟滿什麼酒一口灌下，抓一把鹽味杏仁果——我又渴又餓，早餐過後至今只在酒館吃了個三明治。但萬一被我在大廳瞥見的金髮女孩當場逮到就不好了。看，她忘了帶走娃娃，還放在一把安樂椅的深深座墊上。

有錢人真是會溺愛孩子！那與其說是娃娃不如說是一件小小藝術品，我腦海深處的收銀機叮噹響起高達二十基尼的價錢，看到這個軟趴趴的皮耶霍[5]戴著小帽，穿著前襟有黑鈕釦的白綢睡衣，細緻瓷臉上的嘴噘得逼真，帶著喜劇式的憂傷表情。我的朋友皮耶霍，可憐的傢伙，四肢無力軟垂，充滿敏感苦痛而毫無道德勇氣。我知道你的感覺。但我對他投以憐憫同謀的眼神之際，一聲尖銳悠揚的噹聲，像音叉敲出不得不從的命令，從半開的雙扇門後傳來。一時驚愕過後，我便依召喚迅速來到飯廳。

除了在電影裡，我從沒見過這麼華麗耀眼的飯廳——就連我跟梅莉莎認識的那場晚宴都沒這陣仗。十五份餐具擺設在舌形的狹長玻璃上。但我沒時間仔細看那些高級瓷器和水晶玻璃，因為通往走廊的門仍在搖晃，我知道我只慢了她幾秒鐘。所以這家的女兒確實在跟我玩「你追我躲」，現在她又跑到哪去了？

輕輕、輕輕走在白地毯上，我留下了深深的腳印，但沒有發出半點聲響。仍然不見任何生命跡象，只有燭火的蒼白影子；然而，不知怎麼的，到處都有一種噤聲期待的感覺，就像聖誕夜。

然後我聽見一串奔跑的腳步聲，但是從屋裡沒鋪地毯的部分傳來，在我上方高高某處。我停住不動，豎起耳朵，聽見樓上、或樓下、或女主人的臥室，傳來一串輕盈尖細的笑聲，使吊燈凌亂振動，然後是頭上許多許多腳的奔跑聲。一時間，整棟屋彷彿隨著看不見的動作震動，然後又突然恢復一片沈默。

我毅然決然開始搜尋樓上的房間。

每間房都空無一人。但我不斷新生的疑神疑鬼之感如今緊繃著每一根神經，告訴我房裡的人全都在我進去的前一刻才剛撤走。我在屋內走動，臉色愈來愈凝

5.〔Pierrot是法國及英國劇場的類型角色之一，源自commedia dell'arte（參見《染血之室及其他故事》〈穿靴貓〉註4.）的Pedrolino面具。早期角色特性偏向逗人發笑、單純笨拙的鄉下土包子，後來演變成單相思苦戀、長吁短嘆的人物。基本造型為：臉塗白，身穿長袖蓬領的寬鬆白色服裝，頭戴帽緣軟垂的大帽子。〕

重，不時聽見各種悅耳笑聲傳出，但聲源從來不是我所在房間的隔壁。這些聲音的開始和結束有如開關打開、關上，當然也是惡作劇的一部分，取笑的對象就是不自在的我。我來到一間房，就大小和奢侈程度判斷一定是主臥室，鋪在床上的北極熊皮仍綴亂留有餘溫，彷彿有人剛才還躺在這兒，現在或許就躲在象牙衣櫃裡，欣賞我大惑不解的模樣。我大可以破壞他們的樂趣，只要——要是真能就好了！——我有勇氣一把打開白色櫃門，看見躲躲藏藏的主人一如我所料縮在高級衣物間。但我不敢這麼做。

鋪地毯的台階變成刷洗乾淨的木板地，我還是沒看見任何活物，只有鏡中可能出現的一張臉，儘管滿屋都是生活的痕跡。樓上這裡燈光暗淡，牆上每隔一段距離才裝設一盞燈，但有一扇門開著，光線流洩到走廊上，彷彿邀我進入。

一個整潔小爐裡火燒得正歡，黃銅爐圍上掛著睡衣正在烘暖。我突然一陣強烈的失望，發現她的蹤跡一路引我來到育兒室；先前我被整屋的肉體冒險感給騙了，而那，去他的，一定也是惡作劇的一部分。但若我順著鏡中小孩的意討她喜歡，那麼或許也能討她母親喜歡，而她母親必然還夠年輕，足以享受熊皮床上的愛撫，而且，我確信，也不會對詩無動於衷。

這個酷愛白色的母親連育兒室都不放過，白牆，漆成白色的家具，白氈毯，白簾幔，全時髦得要命。連小孩都成了流行的奴隸。然而，儘管育兒室也屈服在室內設計橫掃全屋的雪勢下，裡面的居民卻沒有。我從不曾見過這麼多娃娃，連梅莉莎的櫥櫃也沒這麼多，全都相當精美，彷彿剛從店裡送來，儘管其中有些一定比我年紀還大。梅莉莎看見一定會愛死！

坐在架上雙腿向前平伸的娃娃，從玩具箱倒出來的娃娃，有身穿後襯撐墊的塔夫綢裙、頭戴法國帽的高尚仕女，有可愛程度不一的小寶寶。一個四肢酥軟、穿粉紅綢裳的金髮娃娃躺在爐火前的氈毯上，彷彿剛恣意享受完歡愛。一個精細迷人的仕女身穿一襲俗豔的紫褐色維多利亞式真絲女用長外衣，羽毛草帽下是一頭棕髮，坐在爐火旁一把安樂椅上，姿態君臨全室，彷彿這房間屬於她。一個秀色可餐的姑娘穿著紫色天鵝絨騎裝，坐在奇妙白子似的木馬上。

現在我終於被美女圍繞了，她們沈默儲藏著這地方放逐的所有鮮豔色彩，鮮活一如溫室，但她們全並非真正存在，全啞口不能言，全是虛構，眾多玻璃眼睛像淚珠凝結在時間裡，讓我感覺非常寂寞。

屋外大雪紛飛，撲打窗戶，風雪已經正式展開了。屋內只剩一道門檻要跨過。我猜她在那裡等我，不管她是誰，儘管我有些猶疑——雖僅是短暫猶疑——在那扇通往夜間育兒室的門前，彷彿可能有看不見的半獅半鷹怪獸守門。

壁爐架上一盞夜燈發出微弱光亮，這裡幽暗靜謐，空氣充滿童年的溫暖蒼白氣味，是乾淨頭髮、肥皂、痱子粉的氣味，是她庇護所的焚香。我一踏進夜間育兒室，就清楚聽見她的呼吸：她根本沒有躲藏，睡在白琺瑯欄杆小床裡，連被子都沒蓋。我把這個遊戲很當一回事，但她，開始遊戲的人，卻沒有；她玩到一半就沈沈睡去，眼皮合起，貴族的金色長髮披散枕上。

她穿著輕薄的白蕾絲罩衫，白色長襪細緻一如冬天早晨呼吸的煙霧，白色小羊皮涼鞋踢在一旁。這個小獵人，小獵物，蜷縮身子睡著，大拇指塞在嘴裡像個嬰孩。

風在煙囪裡呼號，雪撲打窗戶。窗簾還開著，於是我為她拉上窗簾，房間立刻與風雪隔絕，我幾乎可以覺得自己一輩子都這麼安然舒適。倦意襲來，我頹然坐進她床邊的籐椅。我不想離開我在這大宅裡找到的唯一生物，就算保母來勢洶洶闖進房質問我，我安慰自己她一定知道這孩子多喜歡玩捉迷藏，事實上她一定也參與其中，我才可能這麼不合常規地晃進這套育兒室。如果媽媽此時進來親吻她道晚安呢？唔那樣更好，她就可以發現我守在孩子的搖籃邊，展現詩人的溫柔。

如果沒有人來呢？那我就得忍受這反高潮。我會脫鞋休息一會兒，然後悄悄離開。然而隨著時間過去，我必須承認我有些失望，被迫不甘願地放棄受邀共進晚餐的希望。他們已經完全忘了我！他們連自己的遊戲都不好好玩，像這孩子一樣半途罷手，退回有錢人無可動搖的隱私之中。我答應自己至少出門前請自己喝杯上好威士忌，才能暖和地走回路上，然後艱苦跋涉回家。

小孩在睡夢中欠動，咕噥著聽不懂的話，雙手握緊又放鬆。她的臉頰有一層細緻淺淡的粉紅光輝。多美的肌膚——童年的質地，皮膚上無可比擬的細小絨毛從未接觸過人情冷暖。我愈是看她，她愈是顯得嬌弱、透明。我這輩子從沒守在睡著的小孩身旁看過。天真無邪、多愁善感的奶味充滿整個夜間育兒室。

我想，先前我是預期在這場走遍全宅的捉迷藏遊戲中，能得到某種欲望的滿足，若非滿足肉體，至少也滿足精神，滿足虛榮；但我愈是假裝對沈睡中的孩子溫柔，就真的愈變得溫柔。哦，我這卑劣骯髒的生活啊！我心想。她，在那無可驚擾的睡眠中，評斷著我。

然而她睡得並不安穩，身體陣陣抽搐，像夢見兔子的狗，有時還會呻吟。她一直在吸鼻子，然後咳得相當大聲。那聲咳嗽在她窄窄的胸口轟隆許久，使我突然想到這孩子，如此蒼白、睡得如此不安又筋疲力盡，一定是病了。一個被寵壞的生病小女孩，全家都得聽命於她的心血來潮，然而這可憐的小暴君卻沒人愛；他們一定很高興她睡著，這樣就可以不必再玩她強迫他們玩的遊戲。她有著童話故事般的金髮，眼皮薄得底下的眼睛幾乎透出光。如果真的是她要咕噥不滿的大人全躲進衣櫃和浴室，用一捲看不見的線拉著我穿過整棟房屋，哎，我也不能因此對她的小小樂趣記恨。而且她玩的對象除了我也包括其他大人：她豈不是把他們全收乾淨了，像娃娃一樣裝進這棟精美房子的巨大玩具箱？

想到這，我完全原諒了她，甚至伸出手指輕撫她蛋殼似的臉頰。她的皮膚柔如雪羽，敏感一如「公主與豌豆」故事裡的公主：我一碰她，她便動了動，縮躲開我的碰觸，咕噥著夢話，不安地翻過身去。這時一團發亮的東西從床單滑落在地，瓷做的頭撞在刷洗乾淨的油布上。

她一定是趁我搜索各臥室時，躡手躡腳去拿回遺忘的娃娃。現在他又回來了，穿著亮白綢睡衣的皮耶霍，她的小朋友，也許是她唯一的朋友。我彎腰替她從地上撿起他，此時那悲劇式的大玻璃眼角有東西反光閃爍。是亮片？假寶石？月亮是你的國家，老兄，也許他們給你眼裡裝了星星。

我仔細再看了看。

那是濕的。

那是一滴淚。

然後我頸後遭到俐落一擊，來得那麼突然、那麼有力、那麼意外，我只來得及模糊感到驚詫，就趴倒跌進黑暗的消失。

我睜開眼，看見四周令人不安地全無光亮。我試著移動，身上有十幾把小匕首在割。這裡非常冷，我躺在，哦是的，大理石上，彷彿我已是死人；我身上梅莉莎丈夫的羊皮外套被融雪浸濕，像潮濕的甲殼，上面堆著小山似的碎玻璃困住我。

小心翼翼但疼痛不堪地掙動幾下之後，我想最好還是乖乖躺在這濕冷無光的廳裡不動。開著的門吹進雪來，在戶外白色夜晚的背景襯托下，我模糊可辨門的形狀，它緩慢如夢地來回搖晃，生鏽鉸鍊發出吵雜機械式的單調嘎聲，像烏鴉叫。

我試著拼湊自己發生了什麼事。我猜自己是躺在大廳——我簡直可以發誓我剛探索過那裡——地板上，雖然在鬼魂般的光線中，廳內的擺設我幾乎完全看不出，但這裡以前一定全漆成白色，可惜現在被村裡的粗野男孩用油漆和粉筆滿滿塗寫猥褻字句。落難的大廳映照在牆上一面有裂痕的巨大鏡子裡。

也許我是被掉落的吊燈困住了。我身上這些一定是那盞吊燈的半碎玻璃內臟，我想我先前是在另一處大廳看見那燈的眾多映影，而不是我現在躺的這裡。我身上每根骨頭都痠疼不已，陣陣作痛。若時間鬆動了我上方斑駁石膏天花板的吊燈，那麼它很可能就是我進來躲避這場在屋外嗥叫嘰咕的風雪時猛然砸落在我頭上；但那樣說不定會砸死我，可是我從身上陣陣作痛的瘀傷知道自己還活著。但我不是在這大廳仍溫暖芳香、充滿金錢世故的時候才剛走進來嗎？也許不是。

然後我被一道光刺穿，那光照得四周的玻璃碎塊發出冰冷綠火。手電筒後看不見的人對我說話很不客氣，聲音是粗啞的老婦，老太婆。你是誰？你來幹嘛？

我困在碎散玻璃和碎散光線中，告訴她我的車在雪地拋錨了，我是來這裡求助的。此時這不在場證明連我自己聽來都嫌薄弱。

我完全看不見那老婦，連她在光線後面的模糊形體都看不出，但我告訴她我住在梅莉莎夫人家，訴諸這老派鄉間老太婆的勢利眼。聽見梅莉莎的名字，她輕呼一聲咕噥了幾句，再開口時，她的態度幾乎客氣得過了頭。她不能不小心，可憐的老婦，整屋只有她一人，有賊會來偷屋頂上的鉛材，還有不幹好事的年輕男女跑來，等等、等等。但如果我是梅莉莎夫人的客人，那麼她相信我在此過夜一定沒問題。沒有，這裡沒電話。我得等風雪過去。新落下的雪一定已經堵塞道路

——我們對外隔絕啦！她說著吃吃笑。

我必須小心跟著她，走這裡；她幫我一把，讓我從那一大堆亂七八糟碎玻璃中脫身……小心。吊燈掉下來的時候，聲音大得真嚇人！簡直讓人覺得好像到了世界末日。請跟她來，她有她的幾間房，那裡相當舒服，熊熊生著火。（天氣真糟，是吧？）

她殷勤地用光照路引我走出玻璃陷阱，帶我走過我們在鏡子濁滯深處宛如深海魚移動的幽靈倒影，穿過這棟我在昏倒即將醒來之際、或一連串幻覺（也許是雪造成的，或者是輕微腦震盪造成的）中，以為自己探索過的房屋的廢墟。我全身顫抖不穩，有點噁心想吐，死命抓住樓梯扶手。

一扇扇門抖動著被推開。我瞥視房裡蓋著白布看來有點嚇人的家具，但她的手電筒燈光沒有停留在任何東西上；她的地毯拖鞋踢哩拖囉、踢哩拖囉，在陰影中大膽通過。我仍然看不清她，儘管能聽到她衣服的窸窣聲，聞到那種二手衣店般、典型老太婆的窒悶霉味，就像奶奶身上的味道，像我兒時那些女人的味道。

她，當然，是窩居在育兒室裡。微微發燒的我驚喘一聲，看見這麼多娃娃在這腐朽居所紮營！

娃娃亂七八糟堆得到處都是，塞在椅子邊，滿出茶葉箱，靠在壁爐架上，一張張空白憔悴的臉。她是否把已離去的這家女兒的娃娃全收起來，放在自己四周作伴？娃娃啞然瞪著我，玻璃眼珠裡可能懸浮著這場將我困於此地的魔法暴風雪。我感覺自己是她們盲眼注目的焦點。

這些如今飽受蛾蛀的娃娃，其中一些我以前真的在這房裡看過嗎？我在大廳昏倒時，是否跌回過去，在多年前的白色沙灘上遇到這位年輕小姐？她沈重的頭垂向前搭在胸口，因為塞在她軟弱無力身體的木屑已經漏掉太多，支撐不住那顆頭。她內有撐架的綢裙凹陷下去，像壞掉的雨傘。一旁另一個娃娃穿著女用襯衫，深紅絲洋裝已褪色成淺淡粉紅，但小陽傘還在，因為傘是縫在她手上，而羽毛凌亂的草帽仍有幾根線連著棕色假髮，假髮如今在瓷頭皮上歪向一邊。我幾乎被地上一具可憐的屍體絆倒，她穿著還算紫色的漸禿天鵝絨，磨損的蠟臉因年代久遠而變紅，一頭蜂蜜色頭髮只剩幾綹……

然而就算那想像中的育兒室的居民有任何一個來到這一間，透過扭曲的想像溜出我的夢，我在這些被愛到死、四散滿地的娃娃中也沒認出她們，謝天謝地。

如今這房間的主人已將育兒室改為提供老年人的舒適。然而我有種不安的感覺，與其說是畏懼不如說是不祥的預感；但身體不適、嚴重的痠痛疼痛和刮傷已佔去我的心思，我無暇注意神經的一點不安。

在老婦房裡，明亮爐火和冒著熱氣的燒水壺使一切非常舒適，不過被壁爐架上一根插在自身燭淚裡的蠟燭照得有些奇詭。這房間的家常樸素倒讓我混亂的精神稍微一振，老太婆也把我招待得好好的，幫我脫下羊皮外套，態度殷勤得彷彿她知道外套主人是誰，然後讓我在一把安樂椅上坐下。這把快完蛋的安樂椅是紅色絲絨，看起來一點也不像我記憶中那些顏色漂淡光亮耀人的家具；我告訴自己那是雪迷昏了我的眼，弄亂了我的腦袋。老婦蹲下身替我脫去濕鞋，從永遠煮著茶的壺裡幫我倒杯香濃的茶，從蓋子上畫著小貓咪的舊餅乾錫盒拿出深色薑餅切了一片給我。那麼鬆酥、滿是糖蜜、難以消化的好吃東西絕不可能是幽靈做的！我已經感覺好些了，暴風雪大可在屋外肆虐，但我在屋裡安全又溫暖，雖然只有一個醜老太婆作伴。

因為她無可否認真的是個老醜婆，腰幾乎彎到地，椒鹽色的頭髮盤在頭頂插著玳瑁髮簪，臉已完全被皺紋侵蝕，很難看出她是不是在微笑。她和她的房間已經很久沒見過肥皂和水了，一股乏人照料、揮之不去的臭酸味讓我覺得有點嫌惡，但熱茶喝下去熨貼如血。何況你難道不記得奶奶廚房裡那餿水和舊衣的味道？再度返回家來，而且變本加厲。

她給自己倒杯茶，坐在火爐那側用一疊舊報紙和破衣服墊起來的椅子，啜著茶閒聊天氣有多糟，我則慢慢讓自己解凍，同時瞟著——我承認是緊張地瞟著——靠在立在所有平坦表面的娃娃，滿房破破爛爛的居民。

她看到我在看那些娃娃，便說：「你在欣賞我的美女啊。」同時，雪像狂怒的鳥撲撞著沒拉窗簾的窗，狂風呼嘯聲在屋裡迴盪。老婦將空杯塞進爐柵，開始走動，突然像是有了目標；我看出我必須對她的好心招待好心以報，必須專心一致當她的聽眾。她抱起一把娃娃，開始一個個向我介紹。瘋瘋癲癲。可憐的老太婆，已經瘋瘋癲癲了。

法蘭西絲·布蘭貝閣下少了一隻眼，鐘型的綢裙也垮了，但她當年一定為玩具櫥增色不少；然而時間是不留情的，三次離婚，自我放逐到摩洛哥，大麻，男妓，逐漸腐蝕了她的美……說到這，老婦咯咯笑得好厲害！但這女孩當年多麼迷人，鴕鳥羽毛在她的鬈髮上方顛動！我的視線從老婦移到娃娃再移回老婦，現在老太婆激動起來，濃濃一道唾液流下下巴。她反諷一笑，把法蘭西絲·布蘭貝閣下丟到一邊，瓷做的頭撞到牆之際她四肢稍微顛動，然後便靜靜躺在地板上。

派克公爵夫人瑟拉芬穿著褪色的紫褐絲裳，頭上戴的那東西本來是羽毛帽。最初她來自巴黎，如今老了仍保有某種氣質，雖然公爵夫人當年可不是端莊的典範；後天才嫁得如此地位的她舉手投足彷彿生來便養尊處優，沒有比她更完美的仕女了，老婦說。她一陣哮喘似的大笑，將裝模作樣的公爵夫人丟在法蘭西絲·布蘭貝閣下身上，說現在我必須見見露西小姐，啊！她若能繼承家產就會成為女侯爵，但她最敏感的部位感染蛾蝕，變得形銷骨立，徒有一身漂亮的紫色天鵝絨騎裝。她總是穿紫，那是激情的顏色。禍延子孫的父之罪[6]，這愛嚼舌根的老虔婆暗示，先天的疾病……這可憐女孩的未來只有診所、療養院、輪椅、癡呆、早死。

每個娃娃的晦暗歷史在我面前展開，老婦以極具自信的權威將她們一個個撿起又丟開，我很快就明白她親暱地給這些娃娃取的名字都真有其人，那些小女孩每一個她都認識。她以前一定是這裡的保母，我心想；全家人都離開這艘沈船之後她仍留在這裡，她最後一個照顧的孩子，家中的么女——有可能長得正如我想像的那個金髮繼承人，不是嗎？——跟一個雄風堅挺但粗魯不文的司機跑了，或者她私奔的對象是越洋輪船上演奏舞曲的樂隊的黑人薩克斯風手。於是留下來的人繼承了這片衰廢。以前，她一定替她們擦過漂亮的小鼻子，幫她們把麵包和奶油切成琴鍵狀……那些小女孩都在這育兒室玩耍，跟著年輕女主人來喝茶，去屋外騎小馬，長大後穿著華美禮服來跳舞，留下來參加家庭宴會，白天打高爾夫，晚上談戀愛。或許，我的梅莉莎，在她那令人難以想像的少女時代，也在這裡跳過舞？

我想到所有那些美麗的女人，有著圓滑光裸、莊重含蓄一如珍珠的肩膀，身著禮服參加晚宴，鮮豔一如她們四周的溫室花朵，由伴侶的西裝革履襯托得更出

6.〔「父之罪」典出聖經〈出埃及記〉二十章五節：「因為我耶和華你的上帝是忌邪的上帝，恨我的，我必追討他的罪，自父及子，直到三四代。」〕

色，不過若是有我為伴會將她們妝點得更精美許多——那些女人曾使這整棟屋子充滿難以言傳的性與奢侈的香味，就是那香味吸引我貪婪地上了梅莉莎的床。而現在，時間讓美麗臉蛋結了霜，年歲如雪落在她們頭上。

風嘷叫著，爐柵裡的柴火嘶嘶作響。老太婆開始打呵欠，我也是。我很可以縮在火旁這把安樂椅上睡去，我已經半睡著了——請不用麻煩了。但，不，我一定要上床去睡，她說。

你要睡在床上。

然後她縱聲呱笑，將我從又苦又甜的幻夢中震醒，那雙渾濁老眼閃著光。這可怕的念頭嚇壞了我，她竟要犧牲我滿足某種年邁的欲望，做為我在此過夜的代價。我說：「哦，我不能睡在妳的床上，拜託不要！」但她只答以又一聲呱笑。

她站起身，看來比原先高出好多，巍然籠罩住我。現在，神秘地，她的舊日權威又恢復了，她的話就是育兒室裡的法律。她一手像鉗子緊緊抓住我手腕，拖著微弱抗議的我走向那扇門，我在震驚中發現自己完全認出那正是通往夜間育兒室的門。

我被殘忍地拋回夢境中央。

我絆著門檻踉蹌而入，門裡一切都如以前，彷彿夜間育兒室是無變的、不變的暴風中心，那裡的白是超越光譜的白。同樣有洗過頭髮的氣味，夜用小燈同樣發出靜謐幽暗的光，白色琺瑯欄杆小床裡同樣睡著那個孩子。暴風雪呢喃唱著搖籃曲，雪亭的小繼承人有宛如雪花石膏雕成的眼皮，裡面盛著一捧光亮，但這個她是有瑕疵的寶石，是碎裂的複製品，是被胡亂塗寫過的圖畫，而這一夜以來第一次，我感到純粹的恐懼。

老婦輕輕接近她照顧的孩子，從床單下抽出一個軟軟的布東西，原先被小孩蒼白的手臂抱住。她再度呱笑起來，帶著令人不解的欣喜，煞有介事把東西遞給我，彷彿那是聖誕樹下的禮物。碰觸到皮耶霍時我為之驚跳，彷彿他的白綢睡衣有電流。

他還在哭。我驚迷又畏懼，碰觸他臉頰上閃亮的那滴淚，舔舔手指。鹹的。玻璃眼中湧上另一滴淚，取代我偷去的那滴，然後又一滴，再一滴。最後眼皮顫動著閉上。我以前看過他的臉，那是張吃了太多麵包和人造奶油的臉。一場魔法暴風雪使我盲目，我也哭了。

告訴梅莉莎我的詩意工廠破產了，奶奶。

夜用小燈散發著反諷的祝福之光。睡夢中的孩子伸出一隻溫暖的黏黏的手，緊抓住我；在驚恐和慰藉中，我將她抱進懷裡，儘管她身上有膿疱病、有虱子、有尿濕床褥的臭味。

縫百衲被的人

有一個理論是，我們製造自己的命運就像盲人朝牆潑油漆：永遠不了解也看不見自己留下的痕跡。但我相信我的人生沒有那麼多堂皇、意外、抽象的表現主義意味，才沒有呢。我總是盡可能試著與自己的無意識融洽相處，讓右手知道左手在做什麼，每天早上一醒來便仔細檢視夢境。因此，放棄——或者該說解構——那個盲人潑油漆的隱喻吧，將它拆解，形式化，再重新組合，努力獲致比較線條分明、意圖清晰的效果，別那麼藝術兮兮，因為我確實相信我們都有選擇的權利。

拼布是一種受人忽視的家居藝術，之所以受人忽視顯然是因為我這個性別對此非常擅長——哪，就這麼著，一直以來事情都是這樣，不是嗎？當然，我倒不是對美術有什麼不滿，不過美術家可花了一百年才趕上那種鮮豔精彩的抽象圖案，以前隨便哪個普通家庭主婦都能在僅僅一年、五年或十年中達成，而且也沒因此大驚小怪。

然而，拼布時，做的人腦中總是保有一個無比彈性卻又和諧的整體設計，以手邊恰好有的任何材料加以執行：派對洋裝，粗麻布，新娘禮服的碎片，壽衣的碎片，繃帶的碎片，正式場合的男用襯衫等等。穿壞或破掉的衣物，剩餘物資，做完女用襯衫留下的零星布頭。妳可以用安樂椅或窗簾剩下的印花棉布剪成鳥、果與花，用各式各樣東西在拼布上做出各式各樣圖案。

最後的設計確實受到可用材料的影響，但不見得會影響很多。

剪出一片片規則的長方形或六邊形需要紙樣，勤儉的家庭主婦常因此用光了舊日情書。

做拼布一定得從中央開始，然後往外延伸，就算那種叫「瘋狂拼布」[1]的也一樣，那種拼布的做法是隨意剪出不規則形狀，用羽毛縫連結起來。

耐心是縫百衲被的人一項很重要的特質。

我愈想愈喜歡這個隱喻。這個意象真的非常貼切，完美地綜合了蕪雜的經驗以及我們運用經驗的方式。

在北方新教徒勞工階級的傳統中出生長大的我，對這隱喻包含的勤儉與努力工作意味也感到滿意。

拼布。很好。

在我前往天堂的第三十年路途中的某處——那是十年前的事，我跟當時的丈夫在德州休士頓的灰狗巴士站。他給了我一枚小面額的美國錢幣（我們出門時錢總是全帶在他身上，因為他不放心交給我）。巴士站的一座大型自動販賣機裡，一格格分門別類放著餅乾、巧克力棒、包玻璃紙的三明治。其中一格有兩顆桃子，臉頰毛絨絨的「南方紅」品種，看來像維多利亞時代的插針包。一顆桃子大，另一顆小。我很有良心地選了小的那顆。

「妳幹嘛這麼做？」當時的丈夫問我。

1.〔feather-stitch 是瘋狂拼布的一種縫法，針腳較不整齊、較為隨意。〕

「或許有別人想要那顆大的。」我說。

「那跟妳有什麼關係？」他說。

我認為我的道德敗壞就是從那時候開始。

不，說真的。從這個桃子的故事，你難道看不出我是怎麼被帶大的嗎？並不是——真的不是——我認為自己不配吃那顆大桃子，只是我所受過的所有基本訓練，所有內化的價值觀，都告訴我把那顆大桃子留給比我更想要它的人。

想要它：欲望比需要更專橫得多。我非常尊重其他人的欲望，儘管當時自己的欲望對我來說是個謎。年齡並未澄清欲望之謎，只除了在肉體方面，現在我已經很清楚自己想要什麼，而這麼說就夠了，多謝。如果你想找那類的真實告白，請到別家店去做生意吧。多謝。

這個故事的重點是，若那個當時是我丈夫的人沒告訴我我拿小桃子很笨，那麼我根本不會離開他，因為老實說，他對我而言，向來都是那顆小桃子。

原本我是個不知節制的偷桃賊，但我學會挑小的因為不曾受到懲罰。詳情如下：

我小時候正值厲行節儉的年代，食物得配給之類的，水果罐頭對我那個階層的人而言是很不得了的奢侈品。星期天午茶時間，家裡有客人，桌上一只玻璃碗盛著罐頭桃子切片。大家都在閒聊、四處轉，等我母親把茶壺放上桌，我已經成功偷吃掉那些桃子的整整三分之一，彎著前爪將它們摸出玻璃碗，就像貓捉金魚。當時我應該是十歲——就說十歲好了，算個對稱的整數——圓圓胖胖的。

母親發現我舔著自己黏黏的手指，於是笑說我已經吃完我的份，接下來沒得吃了；但當她將桃子一盤盤分給大家，我的份卻跟其他人一樣多。

因此，我希望你了解，等到又過二十年之後，對我而言挑小桃子已經非常自然了：我不是一直都享有足夠的愛，感覺可以分給別人一些嗎？那時我這種心態真危險哪！

隨便哪個傻瓜都看得出，我前夫跟新妻子在一起快樂多了；至於我，接下來十年我都在拚命抓、抓、抓可不是嗎，以彌補失去的歲月。

直到我彷彿撞上一道柔軟的障礙，與自己內在的月曆相撞，日子像奶油軟糖融成一團，時間溫柔但無法挽回，儘管我還不完全算是時間的廢墟(不過我的皮膚沒以前那麼緊緻，牙齦也迅速萎縮，大腿像雪紡紗一樣多綹)。四十歲了。

四十歲的意義，真正的意義，在於：在分配好的一段時間中，妳離死亡比離出生近了。在生命這條線上，我已超過中途點。但事實上，從某個角度來說，我們豈不是永遠都超過中途點，因為我們知道自己什麼時候出生，卻不知道……

因此，在世界四方遊蕩一陣之後，前偷桃賊回到倫敦，回到由水蠟樹籬、髒兮兮的白蕾絲窗簾、又高又窄的連棟房屋所組成的熟悉的隱蔽生活。那些街道似乎總在睡覺，永遠處於星期天下午的私密；在圍著磚牆的長形後園，以老鼠和垃圾為食的城市小狐半夜吠叫，有時會有貓頭鷹輕迅撲下的聲響。這城市薄薄一層蓋在荒野上，荒野從鋪路石間這裡那裡冒出來，長成一叢叢青草和黃菀。渾濁粉紅胸脯的林鴿在園裡那端的老樹上咕咕叫，我們在門上加雙重門鎖以防竊賊，但這也不是什麼新鮮事。

隔壁的櫻花又開了。這是四月的迅速變化表演：前一天還是光禿禿，第二天就怒放欲滴。

小桃子事件後過了若干時間，我用兩片大洋和一片大洲隔開自己與前夫，在東方當酒吧女侍過著莎蒂．湯姆森[2]式的生活，有一天，一個休假的週末，我發現自己正坐車穿過世界另一端的盛開繁花，身旁的年輕男子說：「我是蝴蝶夫人，妳是平克頓。」儘管當時我激烈否認，但後來果然如此，唯一不同之處在於我離開後再也沒回去。我從沒帶個美國朋友回去過，就算我還有品味吧。

火車漸停，一陣潮潮綠綠的微風將飄散的櫻花瓣吹進車窗，花瓣滑過他的額頭，停在他的睫毛，搖落在木條板座椅上。我們就像身處一場婚宴，只是灑滿全身的不是五彩碎紙，而是人類處境之美、之脆弱、之短暫的象徵。

「花總是會落。」他說。

2.〔《軍中紅粉》(Sadie Thompson, 1928；後曾數度重拍，另有相關的舞台劇及原著小說)一片的女主角名，故事主要是說一個「墮落」的女人遠走他鄉想展開新生活。〕

「明年還會開啊。」我自在地說。我在這裡是陌生人，不懂得那種感傷，我相信人生是要用來活而非用來後悔的。

「那跟我有什麼關係？」他說。

以前你總說你永遠不會忘記我。那讓我感覺自己像櫻花，今天在這裡，明天就消失了；畢竟，對自己打算與之共度餘生的人，是不會說這種話的。而經過了那一切，一年到頭大部分日子我有時根本不會想到你。我將這意象拋進過去，就像拋揮釣魚線，然後釣起一副金色面具，眼角有真實淚滴，但那淚滴已不屬於任何人。

時間已經漂來遮住你的臉。

隔壁花園的櫻樹高四十呎，跟屋子不相上下，多年乏人照料依然存活。事實上，它有兩套獨門絕招，各包含三組轉變，每年準時上演，第一套在初春，第二套在暮春。是這樣的：

四月，某一天，樹枝；第二天，花朵；第三天，樹葉；然後——

整個五月和六月初，櫻桃結果成熟，直到某個黃道吉日它們變成玫瑰紅，鳥兒飛來，整棵樹變成一座繁忙的鳥塔，樹下圍著一圈欣賞得著迷出神的貓。（我們這一帶有很多貓。）隔天，樹上的櫻桃全變成果核，被迅速伶俐的鳥喙啄食得乾乾淨淨，一棵果核樹。

櫻樹是列蒂那野亂花園的主要紀念碑。每年從四月到九月氣候溫和的時節，她的花園在沒人照料之下長得多麼精彩！燕子還沒飛來，蒲公英就先到，懶懶吹散一蓬蓬毛茸茸種子。然後毛莨也悄悄冒出長長新芽。之後懸花蔓的白圓椎遍佈四處，爬滿列蒂花園裡的一切，沿著架起曬衣繩的水泥柱蜂擁而上，那是住列蒂樓上那位女士用來曬衣服的，從樓上的廚房窗邊拉動滑車。她從不到花園裡去。她和列蒂已經二十年不說話了。

我不知道列蒂跟樓上女士二十年前為什麼鬧翻，當時後者比現在的我年輕，但列蒂已是老婦。現在列蒂幾乎又瞎又聾，但我想她還是很享受外面那雜亂的色彩變化，四季的萬花筒使花園斑駁繽紛，她和她已故的哥哥從大戰期間就沒再拾掇那花園，也許是為了某個如今已經遺忘的理由，也許根本沒有理由。

列蒂跟她的貓住在地下室。

更正：以前住在。

哦，中古世紀的寫實主義多麼尖酸，墓碑上刻著白骨，寫道：「我今如此，爾亦將至！」鳥會飛來把我們啄食一空。

半夜，我聽見隔牆傳來可怕的哀嚎。出聲的人可能是列蒂也可能是樓上女士，也許醉瘋了，痛快發洩起來，又叫又嗥，獨自一人，被狐狸出沒的夜晚、倫敦的無名沈重沈默逼得發癲。我緊張地耳朵貼牆，尋找聲音來源。「救命！」列蒂在地下室說。樓上臭婆娘事後宣稱她啥也沒聽見，安然沈睡夢鄉，渾然不知我死命按電鈴按了二十分鐘，想把她吵醒。列蒂繼續叫：「救命！」於是我打電話報警，他們閃著燈光拉著警笛來了，戲劇化地並排停車，跳下車任沒關好的車門兀自搖晃：這可是緊急報案電話呀。

但他們人太好了。太好了。（當然，我們當中沒有一個是黑人。）首先他們試著打開地下室的門，但門從裡面門住，以防小偷。然後他們試著撞開前門，但門動也不動，於是他們打破前門玻璃，伸手進去拉開門栓。但怕小偷的列蒂把自己牢牢鎖在地下室臥房，聲音飄上樓來：「救命！」[3]

於是他們又撞開她的房門，門框撞裂了，搞得一片狼籍。至於樓上那婆娘呢從頭到尾睡得可香，至少事後她這麼宣稱。原來列蒂跌下了床，連床單一起扯落，全身裹纏著毯子、灰被單、還有一條一角沾了點乾屎的舊百衲被；她自己爬不起來，只能在層層糾結中無助地躺在地上呼救，直到警察來了，一把抱起她放回床上，讓她舒舒服服躺好。看到警察她並不驚訝，她不是一直在叫「救命」嗎？他們不就來救她了嗎？

「您多大年紀啦，親愛的。」警察說。她雖然耳背，但還是聽清了這問題，老人通常對此都很有反應。「八十。」她說。她只剩年紀可以自豪了。（你看，人

3.〔看來此屋至少有兩個出入口：一個是一般的前門，另一個是從屋外直通地下室的門；警察打不開後者，因此敲破前者的玻璃進屋，然後再撞破屋內通往地下室的門。〕

年紀愈大就愈傾向拿年紀來定義自己，正像小時候那樣。）

想個數字。十。將它加倍。二十。再加十。三十。再加。四十。將它加倍。八十。將這意象顛倒過來，便會產生類似俄羅斯木頭人偶的東西，一個大娃娃套著一個中娃娃套著一個小娃娃套著一個更小娃娃，如此無限延續。

但我離自己當年所是的那個孩子，那個偷桃的孩子，比我離列蒂遠。不說別的，那個偷桃賊身材圓潤，一頭棕髮，我卻瘦巴巴，一頭紅髮。

指甲花染的。我已經紅髮二十年。（那時列蒂就已超過中年了。）我二十歲第一次染髮。昨天我又把頭髮新染一遍。

指甲花是一種芳香藥草，乾燥後磨粉販賣，呈浮沫似的綠色。把這粉末倒進碗裡，加入滾燙熱水，用比方說木湯匙的柄攪成糊狀。（人家說最好別讓指甲花接觸金屬。）指甲花糊的顏色不再是灰撲撲，變成鮮活的暗綠，彷彿熱水使鮮葉的真正色彩活了過來，味道也很好聞，像菠菜。然後拿半顆檸檬擠汁加入，據說這樣能「固定」最後的顏色。然後用這熱呼呼、黏稠稠的糊徹底抹勻頭髮。

（當初他們怎會想到要這麼做？）

進行這步驟時照理說要戴橡膠手套，但我從來都懶得這麼麻煩，因此我每新染一次頭髮，指尖就會接連幾天像被大量尼古丁燻黃。綠泥厚厚塗在髮上之後，便用不透氣的東西包住頭，比方塑膠袋或保鮮膜，然後讓它慢慢作用。一小時：赤褐色的挑染。三小時：整頭一層模糊的鏽紅光圈。六小時：紅似火。

你要知道，產地不同的指甲花也有不同的效果——波斯指甲花，埃及指甲花，巴基斯坦指甲花，這些全會產生不同色調的紅，從一般與指甲花聯想的磚紅，到深沈、燃燒、高級妓女般的紫紅，或白鸚冠毛似的赤紅。如今我已經是指甲花行家了，「來自南方山坡的純樸指甲花」之類的。書中所有色調的紅髮我都染過。但人們以為我天生紅髮，甚至容忍我若干脾氣暴躁的表現，就像人們容忍麗泰・海華[4]，她購買紅髮，就在瑪麗蓮・夢露購買致命金髮的同一處神話詩櫃臺。也許當初我開始染髮，是為了獲得紅髮女專屬的不理性特權。有些男人說

4.〔Rita Hayworth（1918-1987），四〇年代美國著名演員。〕

他們最愛紅髮女，這些男人通常有非常有趣的心理—性慾問題，不該在沒有母親監護之下出門。

隔天早上我為列蒂梳頭，把她打點好準備救護車來接，我看見她頭上有洩漏秘密的指甲花染的層層頭皮屑，儘管她頭髮本身如今已是模糊的椒鹽色，而且，我猜想，大概從跟我在德州休士頓巴士站做出桃子選擇差不多的時間起就沒再洗過。當時我的頭髮恰好是水果類——柑橘色——我記得剪成聖女貞德般超狠超短的平頭，我們現在不敢冒那種險了，哦，絕對不敢。現在我們需要陰影，我虛榮的臉和我；現在我頭髮留到及肩長度。此刻，指甲花在我頭上產生紅金色調，這是因為我頭髮開始變白了。

因為指甲花的效果也受到底下真正髮色的影響。它對白髮的效果是這樣：土耳其，一座鄉間小鎮，地平線上一排白楊樹，鎮中央一處泥土廣場，有雞、有機車、有賣杏的小販、有驢，一個女人正討價還價要買那種可以套在手腕上的、裹著芝麻的手環形麵包。從背後看，她嬌小苗條，穿著鄉氣印花布的寬鬆暗藍長褲，頭上包巾，但頭巾下露出又長又粗、拉潘柔[5]似的美麗金色髮辮。純金色，金得一如婚戒。這條髮辮幾乎長及她的腳，足有我兩臂合起來那麼粗。我等不及想看這童話人物的臉。

她將幾環麵包套在手腕，轉過身來：她是個老婦。

「什麼人生啊。」列蒂說，在我替她梳頭時。

我對列蒂的人生一無所知。關於她我只知道一兩件事：她在這地下室住了多久——從我出生前就住這了；還有她以前跟哥哥住，是年紀比較大的哥哥照顧她。那個哥哥去年十一月跌下公車，那是所謂的「車門口車禍」，移動中的公車逐漸減速準備在路那一頭的站牌停車，他跌下車門口，頭撞上人行道邊緣的砌石，造成無法挽回的傷害。

5.〔Rapunzel，童話故事中被女巫囚於高塔，留一頭長髮讓人攀援入塔的女孩。〕

去年十一月，就在出事前不久，她哥哥來敲我家門，問我們能否幫他看看一盞壞掉的燈。他們那燈不亮是因為電線爛掉了，房東答應派人來修，但一直沒下文。以前列蒂和她哥哥的房租是每星期兩鎊五十便士，從房東的觀點來看，這租金並不划算，還不夠他維持這棟房子的種種費用開銷；從列蒂和她已故哥哥的觀點來看，這租金也不划算，因為他們負擔不起。

更正：列蒂和哥哥負擔不起，是因為他太驕傲了，不肯讓他們家接受好心專業人士的服務，例如社工等等。她哥哥死後，好心的專業人士大批前來造訪列蒂，如今她的財務狀況比較好了，房租有人代付。

更正：曾經有人代付，當她還在的時候。

我們知道她名叫列蒂，因為我們/他在看保險絲的時候，她在黑暗的廚房裡盲目地東碰西撞，她哥哥焦躁地說：「列蒂，好了啦！」

在脆弱的感官知覺背叛列蒂、使世界只剩一堆不明色調和悶瘖聲響之前她曾看過聽過什麼，我一無所知。她碰觸過什麼，什麼使她感動，對我來說都是謎。

對我來說她像亞特蘭提斯。她當年如何賺錢謀生，她和哥哥最初為何來到這裡，她人生的所有真實磚頭和灰泥都坍垮成一堆殘垣斷壁，一堆被遺忘的過去。

我猜不出她的欲望是或曾經是什麼。

她自己也有點輕微焦躁，她說：「他們不會把我送走吧，是不是？」唔，他們不會讓她一個人待在這裡，是不是，因為現在她已經證明自己無法安然躺在自家床上，而是七顛八倒摔下困在被毯裡，自己爬不起來。梳完她頭髮，我替她倒杯茶，她請我幫她把梳妝台上小盤子裡的瓷假牙拿來，她才能吃餅乾。「不好意思。」她說。她問我站在我後面那人是誰：那是梳妝台鏡中我的倒影，但是，哦，是的，她頭腦依然清楚得很，如果把「清楚」的定義稍微擴充一丁點的話。你總得略做通融。以後你也會通融自己。

她需要坐起來喝茶，我將她抱起。她是如此孱弱，我好像拿起一只空空如也的籐籃；本來我暗自咬牙準備迎接重擔，但她根本不重，輕得彷彿骨頭中空一如鳥骨。我感覺她需要重物墜住，才不會隨著她輕飄飄的聲音一起飄上天花板。臥室裡有股淡淡的獅舍氣味，冷得要命，儘管屋外有充足的四月陽光，緊緻的櫻花花苞也開始飄落白色花瓣。

列蒂的貓走來坐在床尾。「哈囉，小貓。」列蒂說。

老太太養的貓常是一團乏人梳理的毛球，這隻貓也是，看來好像正在逐漸拆散，黑色的毛皮生鏽又褪色，但有些貓是天生的好心專業高手——就算其他人全受不了你沒完沒了的胡言亂語，牠們還是會靜靜陪著你。牠們不會評判你，毫不在乎你是不是會尿床，而當你視力衰退，牠們會自動把身體湊向你仍有感覺的手指，帶來慰藉。牠腳掌揉踩著沾了屎跡的百衲被，呼嚕嗚叫。

樓上婆娘終於下來了，宣稱對昨夜的大亂一無所知，說她睡得太熟，完全沒聽見門鈴或破門而入的聲音。她八成是昏死過去了，不然就是根本不在這，而是跟男朋友在城裡。再不然，就是男朋友整個晚上都跟她一起在這裡，但她不想讓任何人知道，所以躲著不出面。我們一星期會看見她男友一兩次，偷偷摸摸像在偷情，螃蟹似橫溜到她門口。樓上那婆娘約莫五十出頭，保存狀態不錯，彷彿她拿髮膠除了把那頭亮棕色鬈髮噴得一絲不苟，也噴滿全身。

她巴不得列蒂走。「真是危害健康！真是有礙公眾安全！」樓下的列蒂在冰冷地下室幻覺做夢，樓上的婆娘看著我掃起門廳地上的碎玻璃。「她不該留在這裡。她應該去住老人院。」最後一句蓋棺論定：「這是為她自己好。」

列蒂做夢般喚著那貓。就我所知，沒有老人院會收留貓。

然後社工來了，醫生來了，不知哪兒還冒出一個姪孫女，八成是被社工找來，約莫二十七八歲，帶著緊抱玩具熊的姪曾孫女。列蒂很高興看到姪曾孫女，這小孩是我想像中列蒂的隔絕孤單老年生活圖像的第一道裂痕。先前我們不知道她還有親戚，事實上，姪孫女這下讓我們知道自己是外人。「現在該家人管了。」她說，於是我們行禮退場。這姪孫女犀利得像圖釘，忙碌得像蜜蜂，對老太太表現得頗具佔有欲但也態度溫柔。「列蒂，妳這回又怎麼啦？」把我們這些外人擋開，也許她是羞於讓人見到那沾屎的百衲被，還有列蒂床旁的塑膠尿桶。

他們正把列蒂的東西收進姪孫女帶來的航空旅行袋，無巧不成書，房東恰選在這天來收列蒂的房租，一副神氣活現的樣子，摸著刮得乾乾淨淨的下巴，聽樓上那婆娘嘮叨個沒完，說列蒂已經不能自理生活啦，逼得人家破門而入、對房子和人命都造成危險啦。

什麼人生啊。

然後救護車來了。

列蒂要住院幾天。

這條街，根據房地產仲介的說法，正在迅速改進當中；蕾絲窗簾沒了，每家客廳掛起白氣球似的圓形紙燈罩。房東答應，等列蒂走了之後，他會給樓上婆娘五千鎊搬走，這樣他就能將空屋重新裝修賣出，大賺一筆。

我們活在人情澆薄的時代。

花朵盛開的櫻樹像尚未玷污的新娘，佔據著野亂的花園；前任偷桃賊想著即將成熟讓鳥兒(而非我)吃的果實。這種委婉說法真奇特，「走」，指死亡，離去展開旅程。

在前往天堂途中的另一年，我問得了如下所述的答案，辛苦解釋男性性反應；對我來說那是月球的另一面，絕對的神秘，我永遠無法得知的一件事。

「你插進去，那不會無聊。然後你前後搖晃，那可能會變得頗無聊。然後你來高潮，那不會無聊。」

「你」指的是「他」。

「你來高潮，或者我們日文說『去』。」

正是。「行きます」，去。日文的高潮離去使得英文的高潮到來，彷彿倒映在鏡中，使意義變得完全不同——這是說，如果它有什麼意義的話。欲望在滿足中消失，對激情而言這並不值得高興，此所以沒有「快樂的結局」這回事。

除此之外，日文將動詞放在句末，使外國人更加困惑，讓我覺得他們自己也有一半時間不太知道自己在說什麼。

「這裡的一切都好假惺惺。」

「不。是妳在的地方假惺惺。」

而兩者永遠無法相遇。他愛無聊，別以為他對性活動中的無聊元素抱持輕蔑不屑的態度。他珍愛且崇拜無聊。他說，比方狗就從來不會無聊，鳥也不會，所以顯然是感覺無聊的能力，將人與其他高等哺乳動物、或長鱗片長羽毛的生物區隔開來。一個人愈是無聊，就愈充分表現人性。

他喜歡紅髮女。「歐洲人真是色彩鮮豔。」他說。

他是個難纏的傢伙，那人可是大桃子沒錯，有傑拉·菲利普[6]的臉，涅恰耶夫[7]的靈魂。我拚命抓、抓、抓，因為抓的經驗不多，咬下的部分常多得讓自己嚼不動。圓胖偷桃賊的典型命運，一個不肯被同化的人。每年一次，當我看到列蒂的櫻樹開花，便動用那意象，看見花瓣落在一張彷彿金箔打成的臉上，像施烈曼[8]在特洛伊找到的阿卡曼儂面具。

面具變成一條亮閃閃的鯉魚，掙脫釣線盡頭的釣鉤。讓他給溜了。

讓我別把你太浪漫化。因為，萬一你真的復活，我該怎麼辦？跑來敲我的門，穿著你那又髒又酷又時髦的名牌牛仔褲，皮夾克，口袋塞滿國民生產毛額，來得有點遲，要把我變成良家婦女，就像你以前有時威脅的那樣？「在妳最料想不到的時候……」老天，我現在四十歲了。四十！我已經將你標示為「魔鬼情人」，萬一你真的爬出心底的墳墓，明亮光鮮，還有一輛美國車引擎隆隆等在外面，要把我載去海底長著百合的地方，怎麼辦？「我已經嫁給一個木工。」那首歌裡的女孩急著解釋，不過她還是跟那蹄子分岔[9]的可愛傢伙走了。但我不會。那不會是我。

而且這樣也太不搭了，用古老民謠的語言來跟一個熟知點唱機的國際語言的人講話。你會有一台你喜歡的、總是為之羨慕美國大兵的「伍力澤凱迪拉克」，準備用來羞辱我。它會咆哮出四個音箱的聲音。艾佛利兄弟。傑瑞．李．路易斯。早期的貓王。（「等我長大以後，」你夢想著：「我要去曼菲斯嫁給貓王。」）你整個太多了，你純粹是二十世紀後期的孩子，你這來自月亮或鏡子另一面的人，而假想中你的到來是太讓人害怕的災難，我根本想都不敢想，即使在

6.〔Gérard Philipe（1922-59），法國演員，五〇年代在西歐極受歡迎，惜英年早逝。常扮演年輕浪漫的英雄。〕

7.〔參見《煙火：九篇世俗故事》〈自由殺手輓歌〉註三。〕

8.〔Heinrich Schliemann（1822-90），德國考古學家，在希臘及土耳其發掘許多遺址。〕

9.〔西方傳統認為魔鬼雙腳是分岔的蹄（偶蹄）。〕

追悔自己青春歲月、最心緒起伏的時刻。

我在南倫敦安靜生活。我自己磨咖啡豆，邊喝邊聽收音機一大早的巴洛克音樂。我已經嫁給一個木工。就像創造出我的這個文化，我現在也以好幾海浬的時速迅速倒退。不久我就需要一整排腳註，才能讓三十五歲以下的人了解我說的任何話。

而你……

*

到後花園摘迷迭香要給雞肉調味，沒修剪的草叢裡長著黃水仙，黑鶇多得足以拿來做成派。

列蒂的貓坐在列蒂的窗台上。百葉窗是拉上的。五天前社工拉上百葉窗，然後開著她的小飛雅特，跟著救護車前往醫院。我朝列蒂的貓叫喚，但牠沒轉頭。牠的毛已經變成一撮撮尖角，看來多刺得像七葉樹的果實。

列蒂在醫院裡用有吸嘴的杯子喝肉湯，而我，儘管對自己富於善心同情等等如此自豪，卻不曾再想起列蒂的同伴，直到今天去摘迷迭香要塞進我們貪婪的烤雞晚餐。

我再度喚牠。叫到第三聲，牠轉過頭來，那雙眼睛裡像倒了牛奶。園牆太高我無法翻越，因為身手已不如以往靈活，於是內疚地把半罐貓食拋倒過去。來吃吧。

列蒂的貓動也不動，只用拉下簾子的眼睛盯著我。然後整條街每家花園裡毛皮滑亮的肥貓全跳著、躍著、鑽著跑來將這頓意外大餐吃得精光，一眨眼功夫就丁點不剩。真是給慈善捐助者上了一課！等這頓我沒大腦地提供的沒心肝盛宴結束，那些被照顧得好好的貓挺著飽肚曬太陽舔洗自己，然後列蒂的貓才終於用顫抖的腿撐起身體，噗通跳到草地上。

我以為牠或許終於聞到貓食的味道，想來吃，太遲了，全被吃光了。其他貓不理牠。牠著地時有點搖晃不穩，但很快就站直身子。然而牠對貓食留下的漬痕毫無興趣，在蒲公英間好不容易蹣跚走了幾步，於是我以為牠想咬幾根草給自己治病，但與其說牠朝草低下頭，不如說牠讓頭自己垂下，彷彿牠沒力氣抬頭了。牠身體兩側都凹癟下去，滿身亂毛硬梆梆。牠沒有好好照顧自己。牠茫然四顧，搖搖擺擺。

看到這樣你幾乎會相信，牠不是在等那個平常餵牠的人照常來餵飯，而是在想念渴望列蒂本身。

牠的後腿開始不由自主發抖，抖得牠全身痙攣，後腿踢離地面，好像在跳舞。牠又抖又痙攣，又抖又痙攣，最後吐出一點點白色液體。然後牠把自己拉直站起，搖搖晃晃走回窗台，使盡力氣才爬上去。

後來有比我敏捷的人跳過園牆，在那兒放了一碗麵包加牛奶。但貓也沒理會。隔天，貓和食物都仍在那裡，原封不動。

再隔一天，只剩下那碗發餿的食物，櫻花瓣飄過空空的窗台。

小小的疏忽之罪讓人想起更大的疏忽之罪；至少主動犯下之罪還有選擇、有意圖可做為藉口。然而：

五月。一個風吹陣陣、亮藍亮綠的早晨，我拎著一塑膠袋窸窸窣窣的垃圾走下門前台階，正好看見社工的紅色飛雅特開來停在隔壁門口。

醫院的人用指甲花幫列蒂染了髮。一個八十歲的紅髮女，我的大俄羅斯娃娃，孱弱的老骨頭裡裝著我的四十、我的三十、我的二十、我的十歲，她回來了，不是坐在令人顏面掃地的救護車上，而是自己把更加穩定的雙腳踏在地上。她胖了一點點，氣色也變好了，不只頭髮有了顏色，臉頰亦然。

房東大失所望。

在社工、區護士、居家看護、嘴巴厲害但心地倒也蠻好的姪孫女的簇擁下，列蒂走下沒有打掃、雜草叢生的台階，打開她自己那扇鮮少使用的地下室前門，先前有人記得拿鑰匙從裡面開了門閂，好讓她回來。她環顧四周確認街上一切都沒改變，那頭新的白鸚冠毛——替她染髮的人一定非常了解指甲花——也跟著東轉西指，儘管她只看得見大塊大塊的光和影，聽見的不是黑鵯尖啼，而是人家在她耳旁大吼：「小心點慢慢走，列蒂。」

「我沒問題啦。」她不耐煩地說。

被警察撞破的那扇門關上了，她和她吱吱喳喳的隨行人員消失在房裡。

樓上婆娘的前廳窗戶狠狠關上，砰。

而我該怎麼想呢？先前我把一切都仔細編排好了，一個謎般的結構，關於人生如朝露，關於老去，關於時間的迷霧，拉長的影子，櫻花，遺忘，忽略，悔憾……悲哀，多麼悲哀啊……

但是。列蒂。列蒂回家來了。

樓上婆娘在街角雜貨店怒氣沖沖：「她根本有神經病，他們怎麼可以放她回來。」房東為了翻修賣掉空屋而答應要給她的那五千鎊，就這麼被吹散蒲公英絨毛的五月微風吹走了。列蒂的花園如今正值黃色毛茛怒放的季節，櫻花結束了，沒有悔憾。

我希望她已經太老、腦袋太糊塗，不會注意到貓不見了。

門兒都沒有。

我希望她永遠不會想到，不知隔壁那對好心夫婦是否記得餵牠。

但現在她回家來了，顯然打算在自己地下室房間的舒適和隱私中，按照自己的悠哉步調走向死亡。她行使了她的選擇權，可不是嗎，她把這一切都變成了瘋狂拼布。

人生第三十年的某時，我把一個丈夫丟在德州休士頓的巴士站，再也沒回去過那個城市；吵架的起因是一顆桃子，當時那桃子似乎一語道破人際關係中個人權利的問題，而事實上，或許真是如此。

你可以看出，我在這幅床罩上縫了五顏六色的東方錦緞和土耳其土布，然後我（叫我以實瑪利[10]）四處漫遊了一陣，種下（或縫下）一兩株野燕麥在這實用的家常物品、這勤儉加想像力的產物中，等老了以後我希望拿它來蓋，讓我脆弱的老骨頭保持溫暖。（列蒂的地下室裡真冷。）

但是，好吧沒錯，我以前總是說花謝了還會再開，但列蒂竟能從乾淨白墳墓般的老人病房回來，簡直太離譜了！而且不只這樣，當我去花園摘幾朵鬱金香時，牠出現了，在磚牆那一側，在四處蔓延的毛茛之間逸樂徜徉，胖嘟嘟的——這陣子列蒂把牠餵得飽飽。

10.〔這是《白鯨記》的第一句。〕

「見到你我可真的很高興。」我說。

若這是則日本民間故事，那麼牠會是她那隻貓的鬼魂，一身鏽色、實質可觸一如生前，可憐的貓為盼主人憔悴而死，聽見她的聲音又還魂出現在後門口。但此刻我們在南倫敦，一個春天的早上。莞茲渥司路上跑著來回噗噗放屁的貨車。某家樓上的收音機大聲放著首都電台。一隻老貓，明顯可觸一如二手皮草，在毛莨叢間打瞌睡。

我們知道自己什麼時候出生，但——

我們緩刑的時間長短也同樣隨機不定。

抖開它再看一遍，花朵，水果，指甲花的鮮豔染痕，俄羅斯娃娃，雪紡紗般起縐的肉體，老歌，貓，八十歲的女人；四十歲的女人，一頭染過的頭髮，牙齒多半還是自己的，她是我的同夥，我的姊妹。她現在退入風俗畫的障眼隱私中，變成一個持針的女子，一個縫百衲被的人，一個在城市某處花園縫拼布的中年女子，用力轉過頭去，硬是不看四周耐心荒野中等待我們的岩石與樹木。

魔魅的用途

阿里・史蜜斯

一九八九年，攝影師麥克・雷伊（Mike Laye）為一份義大利雜誌拍攝著名倫敦人，來到安潔拉・卡特位於克萊本（Clapham）的家中。據他回憶，卡特「相當驚訝義大利會有任何人對她的照片感興趣」。要替卡特拍照，雷伊有點擔心。「根據我的經驗，不信任影像的此一傾向在作家及文字工作者身上特別常見，女性又比男性常見，尤其是面對男性攝影師的女性主義者。所以你可以想像，要為一位高知名度的女性主義女作家拍照，我有些憂慮！」

讓他鬆了一口氣的是，卡特「令人愉快——活潑、聰明、有趣又迷人，隨和，絲毫不擺架子」。該雜誌後來並沒有刊登這篇報導，但那張照片倒是在《明智的孩子》（1991）宣傳期間出現於英國媒體，並在卡特死後成為她最廣為人知的形象之一。

照片裡的她年近五十，坐在書房桌旁，皺著臉但表情沒有絲毫不悅，工作到一半暫時被打斷，身後是淡藍的倫敦天空，工作與生活的雜物亂糟糟散落四周——書、音樂、圖片、紙頁，最顯眼的是兩個巨大字紙簍，揉成一團的稿紙滿出簍外、堆滿她腳邊，彷彿她從廢紙堆中升起，端著打字機和整整齊齊一疊完工的稿件。

這是藝術家身處創作現場的經典圖像，彷彿湊巧捕捉到作家在事物當中的自然模樣，彷彿攝影師正好走進來逮著她。

「她說書房平常一片混亂，但我去的時候會發現它非常整潔，因為她找人清理了一番，以備我想在那兒為她拍照。確實，全家只有這房間感覺最對。助理和我立刻動手，把字紙簍裡的東西倒滿一地，然後把收拾排放得好好的書和唱片一疊疊堆在地板上！看到我們把原本整潔的書房弄成這樣，她大吃一驚，但也說我們大致讓它恢復了平日的景象！」

卡特一九九二年死於肺癌，得年五十一歲。她的死不是普拉絲(Plath)、布魯克(Brooke)或濟慈那種年輕作家的悲劇之死，而是折損一位創作力始終處於顛峰的藝術家。從一九六六年，她年方二十六時出版第一本兇蠻的喜劇小說《影舞》，到一九九一年最後一本，熱愛生命、慷慨豐沛、活力四射的《明智的孩子》，她只寫了短短二十五年，卻為文學及知性風景帶來革命性的改變，使無法想像的高峰成為可能。

卡特的作品充滿玩心，無懼，激烈，精彩，令當代批評家暈頭轉向。除了九部長篇小說及三本充滿進一步發展可能的短篇小說集，她也寫韻文、詩、舞台劇、廣播劇、電影劇本；她繪畫頗具天分，她寫兒童小說，她編、譯、改寫、分析童話故事傳統，她是優秀的思想家、批評家、評論家、散文家，她改變了文化史與文化潛能。

「世界還是一樣，」她在一篇小說中寫道：「卻又絕對改變了。」[1]閱讀卡特的作品就是這種感覺，原先熟悉真實的東西變得陌生、異國、別有含意；其他事物不僅只是可能，而是確實存在，只要你知道該怎麼看。

卡特生於一九四〇年，母親是南倫敦人，父親是蘇格蘭人——她一直很自豪

1.〔此段文字出於《煙火》的〈倒影〉一文。〕

於並非只是英格蘭人，自豪於北方根源賦予她簡約素樸與不道德的結合。

她十九歲便匆匆結婚，她說是為了故意跟母親作對，也是因為不想在克洛伊頓廣告公司(Croydon Advertiser)待太久。(她父親是新聞記者，希望她在艦隊街[2]工作，但一如她對友人——作家兼評論家蘇珊娜・克拉普〔Susannah Clapp〕——所說的：「掌握事實對我而言有點困難……」)

一九六〇年代初，她沒當記者，而是在布里斯托大學讀英文。她開始寫小說並得獎，一九六九年靠一個紀念毛姆的獎項旅居日本，由此得以——她說——逃離丈夫(她認為毛姆要是知道了也會頗贊同)，在那裡另結新歡，在那裡生活，回國後跟丈夫離婚，與馬克・皮爾斯定居克萊本，遠離北倫敦的傳統時髦文學圈，本質上和機緣上都違背常規，不再染髮，頭髮完全變得灰白，然後四十三歲生下兒子亞歷山大。

她受到誰的影響？莎士比亞，狄孚，布雷克，史威夫特，愛倫・坡，卡羅爾，梅維爾，杜斯妥也夫斯基，瑪莉・雪萊，法國象徵主義，超現實主義，巴特，波赫士，傅柯，卡爾維諾，十八世紀作家；她受不了狄更斯，覺得他的作品像四格漫畫；受不了奧斯汀，認為她那種喬張作致的魅力很要命；受不了瓊・迪迪安(Joan Didion)、珍・里絲(Jean Rhys)等等她形容為書寫「自殘傷口」的小說家，以及之後所有把樂天、溫情、倫敦土生土長的清潔婦引進作品彷彿理所當然的作家，她說，光從這點就足以知道那些作家如何看待這個世界，而且，如她晚期接受保羅・貝里(Paul Bailey)訪問時所說的，那些清潔婦之所以被稱為"cleaning ladies"，重點正在於她們根本不是什麼"ladies"(仕女)。

誰不曾影響她?卡特什麼都吸收。她可以什麼都吸收，因為她是一個轉變時期的產物，不只是六〇年代，也包括之前的年代。她曾寫道，她是「一九四四年教育法案的化身」，她那一代「將高等教育視為權利。我們在得天獨厚的桌旁坐下——然後抱怨食物不佳。」

她特別喜愛電影。「我喜歡任何會閃動的東西。」她說，以及電影女神：梅・蕙絲、黛德麗、布魯克絲、嘉寶。她尊崇高達、布紐爾、新電影模糊新敘事

2.〔Fleet Street，倫敦各大報社的傳統所在地，也是新聞出版業的代稱。〕

的創作者。對中古文本的喜愛，使她對象徵十分敏感，也帶她進入傳奇、民俗傳說、人類學、多重意義與多重聲音的領域，並懂得欣賞酣暢淋漓的黃腔幽默。

至於現代作品，儘管她受《奧蘭朵》吸引，並曾將它改編為劇本，但她永遠看重詹姆斯・喬伊斯勝於維吉妮亞・伍爾芙，原因在於階級，也在於喬伊斯「雞姦英文這種語言的霸道計畫，這是被殖民者的終極報復」。如果喬伊斯一如其妻諾拉希望的成為歌手，那麼，卡特說，「不提別人，光是我，身為後帝國時代的英國作家，便連可能使用的語言都沒有。」

克拉普形容卡特是「要言摘錄的相反」。她本人的聲音像小女孩，充滿諷刺幽默，混合高尚與瀆神。她說起話像是邊講邊思考，你會一直等不到句子結束。她常出口成髒這點也是惡名昭彰。第一次波灣戰爭爆發時，她打電話在克拉普的答錄機上留言，整整三分鐘從頭到尾充滿「幹」字。她是堅定的社會主義者，依她的形容是「一個進步、工業化、後帝國、正逐漸走下坡的國家的純粹產品」，明白我們都是歷史的產物，相信藝術永遠都有政治意義。

我們可以把她作品中的一切，包括她的女性主義，都視為她社會主義信仰的結果。她的自製女性主義及社會主義使她宣稱，如果哪天生了女兒，她不會給她取名為「西蒙或羅莎，而是露露」，那是維德金筆下的人物，在帕斯特(Pabst)的默片經典《潘朵拉的魔盒》(Pandora's Box)中由(卡特非常喜愛的)露意絲・布魯克絲扮演，代表了卡特最希望女兒具有的特質——「美麗與輕快中天生蘊含顛覆暴力」。

如今的卡特傳說又是如何?她是否在有生之年時遭到忽略?不受重視?瑟琳娜・史考特(Selina Scott)確實認不出她，八〇年代末史考特主持一個關於布克獎的電視節目，便將卡特誤當成觀眾，還問她認為當天晚上會是哪本書得獎——而卡特正是那屆布克獎的評審之一。(當時卡特的應對得體、冷面又爆笑。)

隨便拿起六〇年代初期或中期任何一本女作家的小說，任何一本當時典型的暢銷書，任何當時人人矚目的年輕新銳小說家的作品，比方瑪格麗特・德拉伯(Margaret Drabble)，或者華麗繁複得多的蓓瑞・貝布里吉(Beryl Bainbridge)，或者例如妮爾・頓恩(Nell Dunn)的《轉車站》(Up the Junction, 1963)，開場於典型的六〇年代房間：

「我們三個站著，我、希爾薇和露比，擠靠在酒吧門上，手裡緊握棕色麥酒。露比僵著脖子不動以免搖散她的蜂窩頭，色迷迷瞪大眼睛環視擁擠的酒館。希爾薇打量那個抱著麥克風的男生，眼神轉回來，低頭瞄瞄自己包在粉紅新背心裡的乳房。」

或者琳・雷德・班克絲(Lynne Reid Banks)的《L型房間》(L-Shaped Room, 1960)，如此打開六〇年代寫實主義的門：

「那地方實在沒什麼可說，不過有個屋頂，有扇可以由內反鎖的門，當時我也只在乎這點。我連細部都懶得看——細部相當骯髒，但我不去注意，所以便不會沮喪。也許這是因為我本來就已低落到谷底了。」

跟以下這段比較：

「這酒吧是冒牌貨，是作假，是贗品。是廣告商瘋狂夢想式的西班牙中庭，有厚厚的白牆(彷彿老闆很省錢地用剩下的三明治糊牆)，掛著無法演奏的樂器和許多鬥牛海報，滿是鮮血和公牛大睪丸和靈活矯健年輕男子穿著黃綢褲的高傲屁股。虛幻西班牙的花園之夜。然而，又為什麼要有那些黃銅馬具、船上的敲鐘、被煙燻黑的橡木？難道這些東西是走私貨，由騾子翻山越嶺馱來？掉落硬幣和金屬鞋跟在綠色地磚上敲出排鐘般的組曲。她走進來，高跟靴璫琅作響。」

時間是一九六六年。我們仍在英格蘭。但這裡的語調十分異國，非常豐富，過於豐富，顯示出徹頭徹尾的人工機巧（artifice），房間和描述房間的聲音都是刻意作假，伶俐的修辭性反問，異國與野蠻的許諾，這地方有敢曝（camp）潛力，甚至有種西部片槍戰似的不祥預感，當在劫難逃的疤痕金髮美女季思蘭踩著璫琅作響的靴子走進卡特塑造的房間。這是另一個英格蘭。這是卡特第一本小說《影舞》的開場。

重點並非在於卡特不是寫實主義者。「我不反對寫實主義。」她晚年說，彷彿對總是必須解釋這一點感到厭倦。「但寫實主義有很多種。我的意思是，我認為我自問的那些問題跟現實都很有關係。我很希望，我真的很希望自己有那個種、那個精力等等，能寫——比方說——與DHSS[3]奮勇作戰的人，但我沒有。我寫了其他東西。我的意思是，我是個藝術調調的人，好吧，我寫的是誇大、紫

3.〔應是指 Department Of Health and Social Services，英國政府的「健康與社服部門」。〕

色、自我耽溺的文體——他媽的又怎樣?」

她早期的長篇小說熱切而知性地處理並分析人工機巧——這，而非魔幻，才是寫實主義的來源。在這些小說裡，她拒斥了一般庸俗認定寫實主義應有的邋遢無趣面貌；吸引她的是有趣的髒污，真正的髒污。前五本長篇小說中，她反抗寫實主義必須無聊模糊的此一藉口，施以滿篇俗麗的暴力與無政府狀態，一系列愈來愈讓人不安的誇大狂、瘋狂主人、色慾的傀儡戲班主，展露出寄宿處或租賃公寓裡出人意料的動物野蠻戲劇。《數種知覺》(1968)的喬瑟夫再也無法與父母同住，因為家裡有「《電視週刊》壓印圖案的皮革封面和一個背後空洞藏著撥火鐵棒的黃銅荷蘭女孩。這些東西看起來非常具有威脅性，皮革封面是一張飢餓的嘴，咂著棕色嘴唇，荷蘭女孩必然把那些小刷小鏟當作殘忍的武器，因為除此之外別無其他用途，這房間是用電暖氣的。」

《霍夫曼博士的地獄欲望機器》(1972)是卡特的失落經典。如今每個人都知道卡特改寫童話故事，寫過馬戲團和歌舞廳有翅膀的倫敦小明星，那是很容易接受的卡特，作家取來小的形式，家常的形式，庶民的形式，加以耍弄，卡特是身穿亮片上衣，在場子裡或舞台上提供娛樂的桂冠女孩。

但在《霍夫曼》中，她先前長篇小說分析的瘋狂或失落，首度完全變成並代表了社會架構之為一種可能的精神病。她不再將世界視為精神病自我在其中迷失穿越的地方，而改變了順序——世界變成精神病，由自我加以辨認。

在如今的虛擬年代讀這部作品，尤能看出它多麼具有前瞻性。這是一本驚人的書，跟前五本長篇小說比起來，在技術、視野、聲音、結構和姿態上都有戲劇化的大躍進。書裡講述魔鬼般的霍夫曼博士，隨時可用大型幻覺改變景物，以及主角德希德里歐，追求博士的「女兒」、消失的戀人艾柏婷，穿過普魯斯特式、然後碼頭盡頭式、然後部落式、然後史威夫特式、然後類似越南的、然後未來派的風景，這一切都質疑所有「真實」事物的本質，像一朵肉食之花兀自綻放。

這是一種新的小說，卡特也知道。許多人認為一九七九年是卡特的「奇蹟之年」，該年她出版了《薩德的女人》及《染血之室》兩部作品。羅娜・賽吉(Lorna Sage)清楚指出，從那時開始，卡特終於可以被串連閱讀；有了改寫童話故事，有了對敘事之永遠與行使權力有關的分析，讀者終於「搞懂」卡特的計畫，知道她在做什麼。

在我看來，她真正的奇蹟突破之年是一九七二，在該年寫出成就太遭人忽視的《霍夫曼》。「以我個人的人生而言，」她說：「當我醒悟到小說可寫的東西無限之後，接下來發生的事是——我從此再也賺不了錢。」

她說，《霍夫曼博士的地獄欲望機器》標示著「我沒沒無名的開始。我從一個非常有潛力的年輕作家變成被人忽視。」一如她那句名言，她做的是「去神話化(demythologising)這檔事」，其工作內容包括「舊瓶裝新酒，尤其如果新酒的壓力能使舊瓶爆炸的話」。

或許應該在這裡將一切全倒出來，讓所有學院可辨識的卡特主題的整個馬戲團像空中飛人般翻著跟斗跳進這篇文章(而且別以為這是個可愛的比喻，因為如果你熟悉卡特的作品，你就知道她筆下的空中飛人出人意表地常搞強暴這一套，只要碰上適當的機會、適當的男孩)。

藝術，高蹈和低階的(這兩者是她作品中一出生便被掉換的孿生子)。人工機巧，以及一切藉之發揮的事物。英國味道，嘉年華，電影，階級。發條裝置以及超越時間的人類故事。英格蘭味道。恐懼及其解毒劑：笑聲。女性主義，民俗傳說，語言。母親。神話。表演，政治，權力，掌握權力的人，以及得到權力的方式。俗言鄙語及其用途。真實與假冒，及這兩者的緊密關係。性，社會人類學，劇場，轉變。樹林。

比方說，今日若你與安潔拉・卡特一起走進樹林，她會讓你看到花間所有的小仙子都在打噴嚏，他們都得了鼻涕兮兮的感冒——這畢竟是英格蘭的樹林，而且再仔細看看，她會讓你看到樹林也是人為建構，是死亡陷阱般的俗麗好萊塢布景，就像在《明智的孩子》那充滿活力、吊兒郎噹的重建版《仲夏夜之夢》裡一樣。卡特知道「樹林」(wood)的字源在中古世紀是「瘋狂」(mad)，也知道嘉年華(carnival)跟肉食獸(carnivore)很接近，她總是看向事物的源頭。

她對母親的理論分析，尤其是在《薩德的女人》一書中對薩德侯爵的分析，令女性主義評論家驚愕氣憤。她自己在七〇年代中期的女性主義作為，是加入一個叫做「潑婦」(Virago)的全新出版構想的編輯委員會，因為，她寫給賽吉的信上說，她「希望我的女兒永遠不再處於能寫出『在中央車站旁我坐下哭泣』的境地，就算它的文字很優美。我比較希望能看到『在中央車站旁我揪掉他的卵蛋』之類的。」

「這整個世界不就是個幻影嗎？然而它卻愚弄了每個人。」卡特的最後一本書融合了所有分裂的自我，血肉之軀的真人與自己的形象與相反事物與不可能的猜想，轉變成她筆下「明智的孩子」的切分音人生：朵拉與諾拉・欠思，兩個腿踢得高高的歌舞廳舞者，出生在錯誤的那一邊，是英格蘭一個大名鼎鼎貴族莎劇演員不承認的私生女。

卡特在訪談中告訴貝里她小咪姑姑的故事。這女孩的風流紅娘調調令卡特的祖母擔心。她本可能「去歌舞廳賣藝」，卻被迫當職員，因為「去歌舞廳賣藝」跟「去街頭賣身」有點太過接近。小咪最後發瘋死去。「所以我想，你知道，」她對貝里說：「那我就送她去歌舞廳好了。」又一個慷慨的復活。

《明智的孩子》是她最好的長篇小說，充滿層層豐富指涉和文學生命力，也是她送給所謂一般英文口語的禮物。這是她最樂天、狂歡、慷慨、喜劇、完滿的一本書，讚頌出生、生命與持續，讓「他躺在床上複習莎士比亞」成了雙關語，將「你願意」改成「你?願意?」。這本書講的是威爾[4]、意願、傳承，娛樂業的傳承，唱歌跳舞的開心，到頭來也是她遺贈的傳承，她的最後一本書。

「但是，說真的，在我們人生那些吵雜但互補的敘事中，這些光輝燦爛的暫停有時確實會出現，如果你選擇在這樣一個暫停之處結束故事，拒絕讓故事繼續，那麼就可以稱之為圓滿結局。」[5]

為了寫這篇文章，我與卡特的許多朋友談過。想到她離開，他們臉上都是驚慌失措的表情。

有個故事是她在講電話，一邊等待一項癌症檢驗的結果，一邊跟朋友聊天。「她在電話上什麼都能聊，好幾個小時，一整個小時。」克拉普說：「在電話上她很口舌便給，幾乎是種奇怪的阻礙，幾乎像是實質阻斷她的句子，彷彿她躍過

4.〔「你願意」原文為 What You Will，Will 又可做人名「威爾」解，是「威廉」的簡稱，在此指的便是威廉・莎士比亞。〕

5.〔《明智的孩子》第五章。〕

某種障礙——總之，她正在等最後的診斷結果，有人沿著花園小徑走來，她在電話上說，有個男的沿花園小徑走來了，哦，等一下……哦，沒關係，他肩膀上沒扛大鐮刀[6]。」

只有卡特能將她自己的死去神話化。只有卡特能以愛的宣言總結一篇對薩德侯爵的研究分析。只有卡特會在「沙漠之島唱片[7]」選擇她想要的奢侈品是——一頭斑馬。

現在沒有人能像卡特那樣寫作——我指的是她的廣博，她的神采，她的大膽，她的形式主義，她那源出有典的清晰聰敏。她啟發了吉妮・溫特森(Jeanette Winterson)和薩爾曼・魯西迪等作家，尼可拉・巴克(Nicola Barker)繼承了一些她的活力，八〇年代曾在愛荷華受教於卡特的何姆斯(AM Homes)則繼承了她看出這世界多麼色情的能力。

卡特十幾歲時曾想當演員。但如果卡特成為演員而非作家，那麼我知道，身為後帝國、後後現代、後後後女性主義的英國作家，我便連可能使用的語言都不會有。

若她仍在世，她會很厭惡新工黨，尤其厭惡布萊爾的偽宗教情操。如今的國家專制會令她大怒，有史以來最大的群眾政治抗議活動會令她興奮。她一定會知道該拿「大型毀滅武器」這種詞怎麼辦，知道該說什麼話戳穿這個「誠懇年代」的自滿措辭，戳穿現在政治與文化的「我相信」表演。

卡特快過世之前，克拉普問過她，未來幾年最迫切、最值得大眾擔憂的主題是什麼？她毫不遲疑地說：「監視。」她的友人瑪格莉特・愛特伍認為，若卡特仍在世，她會從小說家變成我們最重要的文化、社會、政治評論家之一。

她的遺稿中有份一頁的大綱，計畫以簡愛的繼女為主角寫一本小說，還有兩篇關於莉茲・波登的精彩短篇小說，顯示原可能從中發展出更長的作品。她說她還有個絕對會得獎的寫書構想，哈哈，講一名哲學教授和他的情婦，觸及許多國家和所有適恰的時髦思想，包括所有布克獎喜歡的要素，用適恰的瓶裝適恰的

6.〔肩負大鐮刀是西方死神的傳統形象。〕

7.〔Desert Island Discs，BBC四台的廣播節目。〕

酒，而且取了個擲地有聲的書名，叫做「米涅娃[8]的貓頭鷹」……想來書裡也少不了幾個樂天的清潔婦。

「她不太會處理結尾，」賽吉說：「而喜歡保持開放式的結局。」卡特永遠不會結束，只要我們還保有她那愛爭論、愛打岔的聲音，那聲音在一位作家的創作生涯中為英語文壇重新引進了活躍、思想、易形、無私、政治、豐富、風險和獨特，賦予寫作小說這件事一種全新的意義。明天就趕快出門去買卡特，買她所有的虛構，所有的事實，從頭一路讀到光輝燦爛的開放式結尾。然後下樓去酒窖打破幾瓶積灰的老酒。世界將還是一樣，卻又絕對改變了。

這杯敬她。

8.〔Minerva，羅馬神話的智慧女神，相當於希臘神話的雅典娜。〕

歡迎來到 CarterLand

嚴韻

是的！各位女士先生，各位大朋友小朋友，各位阿貓阿狗（或者更符合卡特筆下典型的，該說是各位阿狼阿虎），歡迎光臨安潔拉・卡特的遊樂場。這兒不是設計文明規劃整齊、連花草樹木都長得規格一致的主題樂園，而是步步險阻、暗伏威脅的幽鬱森林；這兒的動物不是身穿厚厚絨毛裝與遊客例行合照的可愛布偶，而是披戴人類衣冠的貨真價實野獸，與你進行結局難料的互動；這兒的城堡更不是無害粉彩的童話天地，有純潔公主和高貴王子從此幸福快樂生活，而是住著哀愁的吸血鬼與迷人的藍鬍子，在他們身上愛與死永遠糾纏不清。

這裡的時間總是夜晚，這裡的色彩永遠詭麗。真幻莫辨，人獸（甚至物）不分。換言之，這是不折不扣的流動嘉年華（carnival），巡迴遊樂場（fairground）。

卡特對嘉年華遊樂場這種宛如幽靈船四處漂移、充滿各式怪誕詭秘事物、黑夜中突然出現而後一朝醒來又忽已開拔離去消失無蹤的夢般國度，顯然傾心不已。早期的短篇〈紫女士之愛〉甚至便已開宗明義直言「他們都是遊樂場的原生子民」——可說將整套「焚舟紀」一語道破。在這個國度，不僅遊樂場及其成員本身是奇異的，連他們行經落腳之處亦盡皆神秘朦朧——或者，原先可能平凡無奇的一切只因他們到來也變得神秘朦朧：崇山峻嶺、彷彿仍滯留中世紀黑暗年代的中歐某國(〈紫女士之愛〉)，迷霧濕冷、邪影幢幢的東盎格利亞(〈愛上低音大提琴的男人〉)，落後貧瘠、嚴苛醜陋的某處高地(〈劊子手的美麗女兒〉)。在這樣連熟悉事物都變得莫名陌生甚至駭人的——借用/亂用一個佛洛伊德的形容詞——uncanny 時空，潛在的欲望現形了，形變(metamorphosis)也於焉層出不窮：低音大提琴手對心愛樂器的執迷狂戀，在神似豐潤女體的琴化為一堆枯柴時，終於無法承受而徹底崩壞；劊子手必須親手砍斷兒子的頭藉以砍斷女兒與哥哥的曖昧情愫，並戴上面具化身他人，在女兒身上執行自己的慾望；在傀儡戲班主操弄下搬演過無數次敗德墮落故事的紫女士，終於吸盡創造者的精血，掙脫舞台上下的界線進入現實生活，開始自動化地執行那些情節。

當然，如果我們仔細想想，「在陌生(或陌生化)的地方，不尋常的人事物產生形變，暗示或暴露某些潛在欲望」這樣的歸納分析，其實適用於幾乎所有童話故事。因此，卡特最著名作品《染血之室》整本處理的正是人人耳熟能詳的童話，也就十分「順理成章」。一如魯西迪序中所言，這系列故事基本上圍繞著「美女與野獸」的主題發展：從〈師先生的戀曲〉的初步演繹，〈老虎新娘〉的簡單變奏，經過〈精靈王〉無可轉圜無可解脫的絕對宰制與絕對衝突，及至〈與狼為伴〉，面對野獸/大野狼的美女/小紅帽已逐漸脫離被動、被害的角色；再到〈狼女愛麗絲〉，野獸伯爵則幾乎退居背景，留下不再是美女的愛麗絲逐步在自己身上摸索發掘獸性與女性的特質，並以母獸般的善意救伯爵於半人半獸、不人不獸的痛苦困境，使之終於顯現清晰面貌(以此視之，前作《煙火》中的〈主人〉一篇也可放進這個脈絡，矢志屠滅野獸的男人和被當作野獸驅役的女人，在人與獸的交會折返點上擦身而過反向而行)；最後結束於〈愛之宅的女主人〉中擺脫不了野獸宿命的黑暗美女——同時又是玫瑰林裡妖異卻無邪的睡美人——遭逢自詡人性(=理性=男性)的救贖只加速她的滅亡。更不消說同名中篇〈染血之室〉

裡，邪惡的藍鬍子和他天真的小新娘演出一場美女大戰野獸的驚心動魄戲碼。（對比之下，相隔約十年後再度出現的另一篇童話改寫〈掃灰娘〉，落筆的焦點便很清楚地已經轉移，離開了x軸美女y軸野獸的座標，顯得更複雜微妙也更耐人尋味。）

以家喻戶曉的童話做題材有個好處（同時也是壞處），那就是改寫的意圖和意義頗為方便解讀。這或許很大一部分能解釋何以《染血之室》是卡特眾多作品中最受注目與歡迎的一本——不只讀者容易「進入狀況」，研究者更不愁找不到切入角度和分析重點。比方此書內篇幅遠長於其他的〈染血之室〉，若以制式女性主義的觀點來看，女主角最後為策馬急馳而來、槍法神準的母親所救（而非傳統版本中的父兄），當然意味深長（何況母親擅使的槍（！）還是襲自或說取代／反轉了長久缺席的父親，等等、等等），但我個人認為更有趣也更豐富的是篇中男女主角的塑造：男主角是宛如經過薩德侯爵調教的優雅世故藍鬍子（另一個更極端的版本可以在後來的〈赤紅之宅〉看到），陰鬱森冷中不乏某種病態魅力；女主角儘管天真幼稚，卻也絕非全無自我意志的懵懂無辜——事實上，她是相當自覺而主動地投入財富誘惑的懷抱，（以含辛茹苦的母親為前車之鑑）堅決選擇了麵包而非愛情，也充滿肉體欲望的好奇、覺醒與矛盾。更有意思的是，這兩人的結合還隱約透出一些《蝴蝶夢》的影子：同樣是年輕寒酸的少女受寵若驚地被年長富有的男子追求，一夕間飛上枝頭成鳳凰；男主角背後有著不幸而神秘的過去；集聰慧美麗優雅富貴於一身的前任夫人（〈染血之室〉以猶如「三美神」的三名秀異女子代替《蝴蝶夢》中似乎無所不能的完美女性瑞蓓卡）留下令女主角侷促不安、難望其項背的陰影；甚至連前妻死因的官方說法也一樣，都是獨自駕船出海溺斃。當然，這些相似點仍只限於表面，若要再做進一步類比恐怕難免牽強附會，但卡特必然熟悉自《簡愛》以降的、「當涉世未深女主角遇上／愛上背負某不可告人秘密（尤其是關於過去婚姻的不可告人秘密）的男主角」此類型鬼氣森森羅曼史，而〈染血之室〉或許可以視為簡愛終於與羅徹斯特先生決裂的一個手勢吧。（雖然若以如今的政治正確邏輯而言，可能不算是非常「基進」或「顛覆」的手勢，畢竟你看女主角結果還是跟另一個男人在一起，沒有幡然醒悟搖身一變成進步的女同志之類……）

關於卡特作品中的文學典故，可舉的例子自然還有許多。如《染血之室》中與其他九個故事的濃鬱哥德風截然不同、佻達靈活令人捧腹的〈穿靴貓〉，故做正經、謔而不虐的詼諧大膽簡直是薄伽丘《十日談》的番外篇，卡特擅長的第一人稱口語化敘述在小奸小惡、臭屁兮兮但又不失討喜的公貓主角身上發揮得恰到好處，配上同樣卡特典型的煞有介事誇張描寫（文中一無是處的老厭物守財奴胖大魯，可說與〈秋河利斧殺人案〉及〈莉茲的老虎〉的老波登一脈相傳相互輝映），喜劇趣味渾然天成。《黑色維納斯》中直接間接取自文學的素材或典故更多：〈黑色維納斯〉與〈艾德加・愛倫・坡的私室〉實描虛摹，充滿細膩精彩的刻畫與想像；〈《仲夏夜之夢》序曲及意外配樂〉牛刀小試，拿著名莎劇加以 remix 變奏（之後我們會在卡特最後一本小說《明智的孩子》中，看到對莎翁更多更廣的致敬與玩笑）。夢遊奇境的愛麗絲（和她的鏡子）也是卡特愛用的象徵，風格極為不同的幾篇作品如〈倒影〉、〈狼女愛麗絲〉及〈愛麗絲在布拉格〉都有不同程度的引申。狄更斯是另一個常不經意流露在字裡行間的影響：往昔聖誕的鬼魂（Ghost of Christmas Past，典出《聖誕頌歌》）徘徊不去，而〈愛之宅的女主人〉、

〈狼女愛麗絲〉甚至《魔幻玩具鋪》中不約而同穿起不屬於自己的婚紗的女主角，又何嘗不是《遠大前程》赫文椈小姐(Miss Haversham)的分身——新娘禮服代表一種成(為女)人的自我實現，更是自我扮演；赫文椈小姐穿上自己當年無緣的嫁衣，藉以挽留並演出曾經可能幸福的過去，吸血鬼女伯爵、狼女愛麗絲及梅勒妮則穿上(缺席且已喚不回的)母親的婚紗，藉以接近並假扮或許可能幸福的未來。此外，聖經典故也比比皆是，〈大屠殺聖母〉與〈印象：萊斯曼的抹大拉〉各以迥異方式和角度重新檢視聖母/妓女的傳統二分形象，象徵人類最原初失落的伊甸園也有了全新版本：不同於吃下啟蒙果實而遭嚴厲的天父放逐、愧悔不已的亞當夏娃，〈穿透森林之心〉的孿生兄妹是在追尋知識的自我啟蒙過程中，毫不留戀地離開自給自足但平靜封閉的桃花源以及溫和無為的父親——不是被動的「失」樂園，而是主動的「棄」樂園；若與卡特自己稱之為「惡性童話故事」的《魔幻玩具鋪》中，終於被迫孑然一身逃離暴虐的父/主所一手掌控的世界的梅勒妮與芬恩對照參看，更顯得耐人尋味。

除了大量文學素材，卡特對電影、戲劇的喜愛與涉獵也清楚顯示在作品中。

〈約翰·福特之《可惜她是娼婦》〉把兩位年代、背景、領域截然不同的約翰·福特送做堆，十七世紀的英國舞台和美國拓荒時期的大西部穿插交錯，游刃有餘成績斐然。〈影子商人〉以擬實之筆寫虛中之虛，在「人生即作品，人生即表演」的情節中還巧妙摻入性別表演的懸疑弔詭，精彩曲折栩栩如生。〈魔鬼的槍〉亦電影感十足（翻看書末附註的原始出處，原來它起先正是為電影劇本所寫的大綱），將「與魔鬼打交道」這種非常舊世界老歐洲（還記得浮士德吧）的題材搬到墨西哥邊境荒涼小鎮真可謂神來之筆，跟莫名其妙出現在該地的頹廢酗酒老伯爵和維也納音樂學院鋼琴手一樣突兀荒謬卻又奇妙搭調，賣槍給強尼的騎小馬印第安人造型更是強烈鮮明令人難忘。戲劇方面，除了俯拾皆是的木偶傀儡意象，卡特更以〈鬼船〉和〈在雜劇國度〉這兩篇鮮有其他小說家觸及的材料，特意著墨勾勒不為人知或被鄙視為旁門左道的雜劇及異教傳統的生殖力狂歡慶典，喧鬧、荒誕、大不敬、無法無天，果然仍是嘉年華遊樂場本色。

最後，在此番 CarterLand 的簡短導覽結束之前，讓我們來瞧瞧一旁那個乍看並不算太起眼的西洋鏡小攤子——只不過卡特擺出的這攤位該叫東洋鏡更為合適。把眼睛湊上去，你會看見一張又一張充滿異國情調的風景人物畫片，有〈吻〉中像「孩童的蠟筆畫」、鮮麗浮面充滿傳奇的撒馬爾罕，有〈一份日本的紀念〉裡髮色黑得發紫、皮膚白皙身材纖細的情人（有興趣操練後殖民理論的看官，還可針對這幅「西方女人眼中被物化陰柔化甚至閹割的東方男人」形象大作一番文章），有〈肉體與鏡〉中彳亍獨行東京紅燈區街頭為愛神傷的女子，而與該篇敘事者同樣高度自覺、高度耽溺、高度表演化的後設姿態不但可繼續見於〈冬季微笑〉，甚至在很久之後的〈縫百衲被的人〉也再度登場且運用更加流暢自如，不停編織感傷意象的同時又永遠能在陷入自我陶醉涕淚交流之前貓一般輕盈躍開，達到精彩的參差反諷、自我解嘲效果。無論如何，這些東洋畫片中明顯的「日本趣味」自然與卡特早年旅居日本的經驗多少相關，不時還會有意無意浮現在其他作品，成為或許無涉題旨但令人會心莞爾的小小裝飾細節，例如《魔幻玩具鋪》梅勒妮的新臥房竟掛著一盞藍綠色紙燈罩（在那幾乎是狄更斯式的古老倫敦氛圍中會出現這種東西實在離奇！），又如〈紫女士之愛〉中神秘啞女撥彈的三味線（同樣頗不可能！），而且我們別忘了，《源氏物語》作者紫式部的英文譯名正是Lady Murasaki——也就是Lady Purple，紫女士。

就這樣，像〈莉茲的老虎〉那名小女孩（又一個愛麗絲的化身？追著穿戴維多利亞領的小豬——而非手拿懷錶的兔子——鑽進別有洞天的奇幻國度？），在這幻象帳篷籠罩一切、夢境般自成世界的表演場，我們見到許許多多令人目眩神迷目不暇給的奇妙事物。而譯者在這裡可能暫時冒充了馴獸師，想方設法誘哄卡特生猛靈動猶如異域幻獸的文字排排站好，以一種難免有所改變、有所侷限的秩序，試著將牠們的絢麗毛皮和壯美姿容展現在觀眾／讀者面前。當然，所有嘉年華遊樂場共通的特點便是短暫、臨時、無法捕捉勾留的狂歡，安潔拉・卡特以創作火力正旺的五十一歲盛年，太早回到——套句她可能會用的比喻——天上那個大馬戲團，著實是令意猶未盡的讀者／觀眾惋惜不已的慘痛損失；然而，比一般馬戲團觀眾幸運的是，我們還擁有她留下的這些珍貴作品，每當我們打開書頁，就能再度走進那瑰豔魅彩的國度，看老虎熊熊燃燒，玫瑰似血散落雪地。

國家圖書館出版品預行編目資料

焚舟紀／安潔拉・卡特(Angela Carter)原著；
嚴韻 譯. —— 初版. —— 臺北市：行人，2005
[民94]
5 冊；13 x 19 公分
譯自：Burning Your Boats: the collected short
stories.
ISBN 978-957-30694-8-5(全套：平裝)

873.57 94000844

《焚舟紀》第五冊
原著者：安潔拉・卡特
譯者：嚴韻

總編輯：陳傳興
責任編輯：周易正
美術編輯：黃瑪琍
校對：嚴韻

印刷：崎威彩藝

ISBN: 978-957-30694-8-5
2011年06月 二版一刷

出版者：行人文化實驗室
發行人：廖美立
地址：10049 台北市北平東路20號10樓
電話：(02) 2395-8665
傳真：(02) 2395-8579
郵政劃撥：50137426
http：//flaneur.tw

總經銷：大和書報圖書股份有限公司
電話：(02) 8990-2588